무례한
사람에게

웃으며
대처하는
법

무례한
사람에게

웃으며
대처하는
법

★ 인생 자체는 긍정적으로
개소리에는 단호하게 ★

정문정 지음

포레스트북스

일상에서 마주치는
무례한 사람에게
어떻게 대처해야 할까?

한 예능 프로그램을 보다가 놀라운 장면을 목격했다. 흔한 토크쇼 형식으로 여러 출연자가 서로 이런저런 얘기를 나누는 프로그램이었는데, 한 남자 연예인이 코미디언 김숙에게 이렇게 말했다. "얼굴이 남자 같이 생겼어." 그는 평소에도 속물적이거나 무례한 질문을 막 던짐으로써 출연자들을 당황케 하는 게 특기였다. 이럴 때 보통은 그냥 웃고 넘기거나 자신의 외모를 더 희화화하며 맞장구치는데, 김숙은 그러지 않았다. 말한 사람을 지그시 쳐다본 뒤 "어? 상처 주네?" 하고 짧게 한마디 했다. 감정이 느껴지지 않는 건조한 말투였다. 그러자 상대가 농담이라며 사과했고, 김숙도 미소 지으며 곧바로 "괜찮아요" 하고 사과를 받아들이면서 자연스럽게 화제가 전환되었다.

이 장면을 보고 나는 많은 생각을 했다. 여자들은 일상에서 '얼평(얼굴 평가)', '몸평(몸매 평가)'에 적나라하게 노출된다. 더욱이 예능 프로그램에서는 여성의 대립 구도를 자주 활용한다. 외모가 아름다워서 칭찬받는 여성, 그리고 그와 비교되는 외모로 남성들에게 놀림받는 여성의 구도다. 여성들은 몸매가 항아리라거나 가슴이 작다거나 못생겼다는 등의 놀림을 받으면 한술 더 뜨면서 함께 웃곤 한다. 혹시라도 기분 나쁜 티를 내면 "농담일 뿐인데 왜 이렇게 예민하냐"며 '프로 불편러' 취급을 받기 십상이라 대부분 그저 참는 쪽을 택한다. 그렇게 참고 참다 어느 순간 불만을 털어놓으면 상대는 이렇게 말할 것이다. "그걸 네가 싫어하는 줄 몰랐는데? 진작 말하지 그랬어."

특히 나이 어린 여성일수록 권위적이고 남성 중심적인 우리 문화에서 자기표현을 어떻게 해야 할지 몰라 당황하고 상처받는 것을 많이 보았다. 그들은 일상생활에서 느끼는 불편함을 그대로 드러냈다가는 이해받지 못할 것 같아 두렵고, 군대식 문화에 익숙한 남성에 비해 '조직생활에 맞지 않는다'거나 '사회성이 떨어진다' 같은 평가를 받게 될까 봐 속마음을 숨긴다. 그러고는 계속해서 곱씹는 것이다. 곱씹다 보면 결론은 늘 나의 문제로 수렴된다. '내가 오해살 만한 행동을 했을 거야', '그 사람은 그럴 의도가 아니었는데, 내가 너무 예민하게 구는 거 아닐까?' 하는 식이다. 그러다 보면 그 사람이 '나에게 상처를 주었다'는 사실은 사라지고, 그 자리에 '지나치게 예민한 나'만 남는다.

그렇다고 강하게 불쾌함을 표현하면 감정적인 사람이라는 평가를 얻기 쉽다. "어떻게 그런 식으로 말할 수 있죠?", "저 지금 너무 불쾌하네요" 같은 표현은 명확하긴 하지만 웬만한 강심장이 아니고서야 시도하기 어렵다. 한국 정서상 연장자나 상사에게는 그런 표현을 더더욱 하기 힘들다. 어릴 때 나는 감정 표현의 적절한 농도를 몰라 관계에서 자주 실패했다. 그런 건 아무도 가르쳐주지 않았다. 논쟁 끝에 상대를 비난하는 말하기의 길로 빠지거나 분에 못 이겨 화를 내며 엉엉 울어버리는 경우가 대부분이었다. 참고 참다 그냥 관계 자체를 끊어버리기도 했다. 그래서 항상 궁금했다. 무례한 사람을 만날 때, 어떻게 하면 단호하면서도 센스 있게 의사 표현을 할 수 있을까?

김숙의 "상처 주네?"라는 말이 오래 기억에 남았던 건 그래서였다. 간결하면서도 단호한 사실 그 자체인 이 말은, 상대를 구석으로 몰지 않고서도 자신이 말하고자 하는 바를 성공적으로 전달했다. 상대는 곧바로 사과했지만 상처 준 사람이 되었고, 김숙은 깔끔히 사과받고 넘김으로써 쿨한 사람이 되었다. 여기서 끝이 아니다. 김숙에게 사과한 상대는 그동안 전혀 제지받지 못한 행동에 한 번 제동이 걸림으로써 '이 행동이 문제가 될 수 있다'고 자각하는 기회를 얻었다. 그건 사실 그의 인생에서도 다행인 일이다. 사람은 누구나 실수를 할 수 있지만 그것이 잘못인 줄 모르면 반복하기 마련이다. 높은 자리로 올라갈수록, 나이가 들수록 무례한 사람들이 많아지는 건 타인에게 제지당할 기회를 얻지 못해서이기도 하다. 수평적인 의사소통이 부족한 사회에서는 갑질이 횡행할 수밖에 없다.

김숙이 '가모장' 캐릭터를 내세우며 "남자는 조신해야죠", "술은 남자가 따라야죠" 같은 반사 화법을 쓰는 것도 흥미로웠다. 그가 tvN의 〈SNL 코리아〉에서 한 대사도 같은 맥락이었다. 상사가 "왜 이렇게 예민해? 생리 중이야?"라고 하자, "그럼 부장님은 왜 이렇게 기분이 좋으세요? 오늘 몽정하셨어요?" 하고 맞받아쳤다. 김숙은 기존 속담을 패러디하며 '남자 목소리가 담장을 넘으면 패가망신한다' 같은 명언을 남기기도 했다. 이런 비틀기를 통해 사람들은 웃으면서 알게 되는 것이다. 그간 별생각 없이 듣고 써온 말이 얼마나 편견에 찌들고 폭력적인 것이었는가를.

김숙뿐 아니라 방송인 이효리에게서도 매력적인 화법을 보았다. 이효리가 한 예능에 출연했을 때, 진행자가 핑클로 활동하던 당시의 춤과 노래를 보여달라고 했다. 사전 조율이 없었던 것 같았고 상당히 집요한 요구였다. 이효리는 그런 그에게 "옛날 스타일의 진행을 아직도 하시네요"라며 웃은 후, "요즘 사람들은 핑클 노래 잘 몰라요" 하고 덧붙여 자연스럽게 그 요구를 비껴갔다. 진행자가 시대에 뒤처진 사람이라 그렇다고 다른 출연자들도 호응해줬고, 이효리는 이 틈을 타 여유롭게 화제를 돌렸다. 유머러스하면서도 노련미가 보이는 대응이었다.

이와 상황은 비슷하지만 대처 방식이 다른 예도 있다.

한 유명 걸그룹은 예능에 출연해 애교를 보여달라는 남성 진행자들의 요구를 받았다. 그러자 멤버들은 '애교를 보여주기 싫다'며 눈물을 터트렸다. 아마 오랫동안 그런 요구에 시달렸으리라. 멤버들이 갑자기 울자 방송 분위기는 얼어붙었고, 해당 걸그룹은 프로답지 못하다는 비판을 받으며 오해를 샀다. 그들이 받았을 스트레스가 이해되면서도, 조금 더 노련하게 대응했다면 좋았을 거라는 아쉬움이 남았다. 그 모습에서 예전의 나를 보는 것 같아 더욱 마음이 쓰였다.

우리는 일상에서 무례한 사람을 많이 만난다. 사람마다 관계마다 심리적 거리가 다르다는 점을 무시하고, 갑자기 선을 훅 넘는 사람들이 있다. 그런 이들에게 감정의 동요 없이 "금 밟으셨어요" 하고 알려줄 방법은 없을까? 당연히 있다. 이 책에서 내가 알려주고자 하는 게 바로 그것이다. 다만 그 방법을 실제로 사용하려면 연습이 좀 필요하다. 나는 20대를 거치면서 나에게 상처 주는 사람을 참기만 하면 스스로 무기력해진다는 걸 알았다. 나 자신으로 살고 싶었고, 내면의 목소리를 듣는 걸 방해하는 외부 소음에는 여유롭게 음소거 버튼을 누르고 싶었다. 매일 조금씩 운동을 해서 몸을 가꾸듯, 자기표현의 근육을 키우는 데에도 시간과 노력이 필요했다. 하지만 지치지 않고 연습을 계속했고, 그 결과로 이제 나는 매일 밤 누군가가 준 상처를 곱씹고 자책하는 일을 그만두게 되었다.

화내거나 울지 않고도 나의 입장을 관철하는 방법이 있다. 이 책에는 내가 시도한 훈련법 중 가장 효과적이었던 방법과 그 과정에서 깨달은 것들을 담았다. 무례한 사람을 만나도 기죽지 말자. 웃으면서 우아하게 경고할 수 있는 방법이 많이 있으니까. 이 책이 무례한 사람들 사이에서 자기를 찾고 싶은 이들에게 실질적인 도움이 되길 바란다.

Contents

PART 2_
좋게좋게 넘어가지 않아야
좋은 세상이 온다

PART 3_
자기표현의
근육을 키우는 법

PART 4_
부정적인 말에
압도당하지 않는 습관

PART 5_
무례한 사람에게 웃으며
대처하는 법

PART 1

착한 사람이 될
필요 없어

인간관계는
시소게임과 같다

　　주변의 '착한 사람'들을 나는 잘 알아본다. 그들은 늘 "괜찮아요", "전 상관없어요"라고 말한다. 부담스러울 정도로 내 의견을 경청하며, 어떻게 생각하느냐는 질문에 대부분 "좋아요"라고 한다. "안 되는데요", "그건 좀 힘들어요", "싫은데요" 같은 말을 하지 않는 것도 공통점이다. 그런 말을 하느니 아예 연락을 끊어버리고 차라리 '잠수를 타고' 만다.

　어떻게 그렇게 잘 아느냐고? 한국의 많은 여자가 그러하듯, 20대 초반의 나 또한 전형적인 '착한 여자'였기 때문이다. 착한 아이 콤플렉스는 자존감의 문제와 붙어 다닐 수밖에 없다. 착하지 않으면 사랑받을 수 없다는 믿음이 남에게 'NO'를 말하기 힘들게 하고, 눈치를 살피다 보면 주눅이 들 수밖에 없다. 결국 "알아서 해주세요"가 반복된다.

그때의 나는 '괜찮아'를 연발하느라 늘 헉헉거렸다. 나보다 상대를 배려하느라 정작 나 자신은 전혀 배려하지 못했다. 특히 연애에서 그랬다. 그런데 이 이야기를 그때의 남자 친구들에게 말한다면 아마도 그들은 황당해할 것이다.

"그걸 네가 싫어하는지 몰랐는데? 그럼 그때 말하지 그랬어?" 그렇다. 사실 그들은 강요한 적이 없었다. 착한 사람이라고 스스로를 포지셔닝하다 보면, 가장 큰 문제가 생기는 지점이 여기다. 착한 여자였던 그때, 속으로는 나를 둘러싼 관계들이 자꾸 일그러지는 이유가 상대 때문이라고 생각했다. 나는 양보했는데 상대가 이기적이라고.

이처럼 '희생했다'고 하는 생각은 이상한 보상 심리를 불러온다. 겉으로 사소해 보이는 문제로 싸우게 되더라도, 싸우다 보면 일이 커지는 경우가 많다. '착한 사람'의 내면에는 그동안 참아온 것들이 차곡차곡 쌓여 있기 때문이다. 자존감이 줄어드는 만큼 피해의식이 커지기 때문에 걸핏하면

"네가 어떻게 나에게 이럴 수 있어!"를 외치게도 된다.

돌이켜보니 혼자 과도하게 기대하고 섭섭해한 경우가 많았다. 문제가 나에게도 있었다는 것을 인정하는 데는 시간이 꽤 걸렸다. 내가 관계의 키를 잡는 것이 부담스러워서 상대에게 떠맡겨버리고는 원하는 방향으로 가지 않는다고 속상해했구나. 상대 또한 그게 부담스러웠을텐데….

그런 문제를 직시하게 되면서 작은 것부터 조금씩 거절을 하기 시작했다. 그러다 보니 못 한다는 말도 할 수 있게 됐으며, 싫은 것은 싫다고 말할 수 있게 됐다. 안 된다는 말을 하면 주변 사람들이 나를 떠나갈 줄 알았는데, 오히려 인간관계가 더욱 좋아졌다. 나를 만만하게 생각하고 이용하던 사람들은 떠나갔고, 동등하게 서로 원하는 것을 주고받으려는 사람들은 늘어났다.

인간관계는 시소게임이나 스파링 같아서, 체급의 차이가 크면 게임을 계속할 수 없다. 한두 번은 어느 한쪽이 일방적으로 져줄 수 있겠지만, 배려하는 쪽도 받는 쪽도 금방 지칠 뿐이다. 인간관계를 지속하는 요건으로 '착함'을 드는 사람에게 그건 지속 가능하지도 않고 건강할 수도 없다고, 예전 내 모습이었던 착한 사람들에게 말해주고 싶다. 어느 한쪽이 착해야만 유지되는 관계라면, 그 관계는 사실 없어도 상관없는 '시시한' 것 아닐까? 건강한 인간관계는 시소를 타듯 서로를 배려하며 영향을 주고받을 때 맺어진다.

자고만 싶나요?
많이 먹나요?
마음이 아픈가 보다

"(…) 인원이 제한되어 있어 함
께하지 못함을 안타깝게 생각합니다. 좋은 기회로 다시 만
나기를 기원합니다."

예의 바르게 기분 나쁜 문장 앞에서 뭘 해야 할지 알 수
없었다. 커튼을 치고 침대에 누워 이불을 덮었다. 점심을
먹은 지 얼마 되지 않은 때였지만 일단 자고 싶었다. 눈이
떠져 휴대전화를 봤더니 네 시간 정도가 지나 있었다. 휴대
전화를 엎어놓고 다시 잤다. 두 시간 가까이 자고 깨서 다
시 잠을 청했고, 또 두세 시간을 자다가 깼다. 밤새 자다 깨

다를 반복했다.

하루 중 열네 시간 이상을 잠으로 보낸 지 일주일 정도가 지나서야 조금씩 기운을 차릴 수 있었다. 미뤄둔 일을 하나씩 처리하면서 깊고 긴 잠에서 헤어나왔다. 왜 그렇게 자고만 싶었던 걸까. 그 음침한 시간은 오랫동안 미스터리로 남아 있었다.

그때가 떠오른 것은 친구와 수다를 떨던 중 이 이야기를 들은 직후였다.

"요즘 잠을 너무 많이 자서 병이 있나 싶어 병원에 갔더니 의사가 이렇게 말하더라. '힘든 일이 있나 봐요. 현실을 좀 회피하고 싶은가 보다.' 그 말을 듣고 눈물이 날 뻔했어."

그렇다면 내가 그때 많이 자고 싶었던 것도, 눈뜨기 싫어서 계속 잠을 청했던 것도 혹시?

'스트레스는 만병의 근원' 같은 말은 와닿지 않았는데 '마음이 아파 잠을 많이 잔다'는 말은 굉장히 공감됐다. 그러고 보니 어릴 때는 몸에 대해 생각해본 적이 별로 없었다. 20대에 몸에 대해 생각한 건 '연예인처럼 말랐으면 좋겠다' 정도였을 뿐이고, '몸 관리'란 다이어트와 동의어였다. 어쩌면 내 마음은 몸을 통해 꾸준히 말을 걸어왔는데,

나는 단순한 몸의 이상으로 치부하고 흘려보냈던 게 아닐까. 몸의 관리라는 건 마음의 관리와도 연결되는 거였는데.

몸이 말을 걸어온 때를 생각해봤다. 20대 초반, 먹을 것을 입에 하염없이 쑤셔 넣던 때가 있었다. 터덜터덜 귀가하는 어떤 날엔 피자도 먹고 싶고, 치킨도 먹고 싶고, 라면도 먹고 싶었다. 느끼한 음식들을 먹다 보면 탄산음료도 마시고 싶었다. 편의점에 들러 과자들을 잔뜩 사 와 먹다가 거북할 정도로 배가 불러 토한 날도 있었다. 그게 식이장애의 한 종류라는 건 나중에야 알았다.

스스로가 정글의 보잘것없는 초식동물같이 느껴지던 취준생 때, '완벽주의자'라는 말을 들을 만큼 계획하는 것을 좋아했고 모든 것을 제어할 수 있길 원했다. 후에 심리학 서적을 읽으면서 그런 강박적인 성향이 식이장애로 이어지는 경우가 많다는 것을 알게 됐다. 몸에 대한 왜곡된 인식뿐 아니라 외로움이나 현실에 대한 불만족 역시 식이장애로 이어지는 경우가 많다는 것도. 마음을 채울 수 없어서 입이라도 채우고 싶은 거였구나.

스트레스를 오랜 기간 받다 보면 몸은 건강에 문제를 일으키는 호르몬의 습격을 받게 된다. 그래서 불안이나 두려움 탓에 면역체계가 약화되면, 몸이 스트레스를 줄이기 위해 현실을 회피하는 방어 작용을 하는 것이다. 머리가 스트레스에 반응할 때면 내장도 같은 신호를 받는다. 극심한 스트레스를 받는 사람은 그렇지 않은 사람에 비해 복통을 앓을 가능성이 세 배나 높다는 연구 결과도 있다.

복통이나 배변장애, 가려움증, 폭식이나 거식, 두통, 불안증, 수면장애 등 이전에는 없었던 몸의 이상들이 나타나기 시작하면 자신의 마음을 한번 체크해볼 일이다. 단순히 나약해서, 몸 관리를 제대로 하지 않아서 생긴 증상이 아닐 수도 있으니까. 나는 '정신으로 몸을 극복한다' 식의 이야기를 좋아하지 않는다. 몸은 극복의 대상이 아니다. 단지 겪어낼 뿐. 내 마음과 육체는 싸워서 이겨야 할 경쟁자가 아니라 보듬어서 함께 가는 친구일 수밖에 없다.

식이장애를 이겨냈다고 말하는 사람들은 종종 그 비결로 심리적 이유를 들곤 한다. '스스로에 대한 칭찬일기를 쓰면서부터', '사랑과 안정을 주는 애인을 만나고부터', '가족의 관심과 배려를 받기 시작하면서부터' 등이다. 한없이 무력해지는 일상을 견디고 다시 나아갈 힘을 얻는 건 이해받았다는 느낌, 그래도 내가 세상에서 의미 있는 사람이라고 생각하게 하는 관계 속 인정뿐이다. 마음의 균형이 무너질 때 몸은 가끔 에러 메시지를 보내 우리를 잠시 멈추게 한다. 그때 마음을 잘 들여다보는 일은 어쩌면 몸을 찬찬히 이해하는 것과 같을 수 있다. 마음의 문제를 찾아 보듬어줄 때, 몸은 밸런스를 찾아나간다.

둘째 딸은 왜 항상
연애에 실패할까

1년간 주간지에 연애 상담 칼럼을 연재한 적이 있다. 대학생들이 연애에 관련된 고민을 보내면 그걸 읽고 조언을 해주는 방식이었다. 행복해지려고 연애를 하지만 연애를 할수록 불행해지고 쪼그라드는 경우가 있는데, 내게 메일을 보내는 여자들이 대부분 그런 상황이었다. 반면 남자들의 질문은 거의 하나로 귀결됐다.

"어떻게 하면 연애를 할 수 있을까요?"

불행한 연애로 고민하는 여자들의 이야기를 읽거나 직접 만나 이야기를 들어주면서 나는 이상한 공통점 하나를 발견했다. 집착하는 남자를 떠나지 못하는 여자, 폭력적이고 권위적인 남자에게 휘둘리는 여자, 착한 여자 콤플렉스로 이용당하는 여자 등 고통스러운 연애를 반복하는 여자 대부분이 성장기에 가족에게 충분히 사랑받지 못한 경험이 있었다는 점이다. 그들은 가족 내에서 첫째나 막내 때문에 자신에게 관심이 집중된 적이 없다는 이야기를 종종 했고, 자존감이 낮았으며, 또래보다 일찍 연애를 시작하는 경향이 있었다. 위로는 언니가 있고 아래로는 남동생이 있는, 이른바 끼인 둘째 딸이 특히 많았다. 나는 궁금했다. 자기 파괴적인 연애를 반복하는 것과 성장 과정의 애정 결핍 사이에는 어떤 관계가 있는 걸까?

출생 순서에 숨겨진 심리를 연구한 가족심리 전문가 케빈 리먼은 둘째나 셋째 등 중간에 태어난 사람들은 '소외감', '무시당하는 느낌'을 다른 형제에 비해 더 자주 받는다고 말한다. 부모들은 첫째에게는 임신 전부터 커다란 관심을 가지고 설렘과 기대 속에 키우지만, 둘째부터는 그러지 않는다. 그래도 막내에게는 또 다른 애정을 보이지만 둘째는 그것도 기대할 수 없다. 가족 앨범에서 둘째 아이의 독사진이 다른 형제에 비해 얼마나 적은지만 봐도 알 수 있다.

나도 둘째 딸이다. 남아 선호 사상이 강한 대구에서 태어났는데, 아들을 간절히 원했던 엄마는 나를 낳고 며칠을 울었다고 한다. 자연 상태에서는 남아가 여아보다 5퍼센트 정도 더 많이 태어난다. 출생 성비 103~107 정도를 정상이라고 보는데, 내가 태어난 해인 1986년에는 111.7이었다. 당시는 불법 낙태가 성행하기 시작한 시기여서 딸이라는 이유로 '지워지는' 태아가 많았다.

나보다 한 살 위의 언니에게는 첫째 딸이 갖는 위엄이 있었고, 다섯 살 어린 남동생은 귀한 아들로서의 독보적인 존재감을 가졌다. 언니나 동생과 달리 내게는 돌과 백일 사진이 없다는 사실, 설날 세배를 하면 항상 어른들이 언니는 언니니까 만 원을 주고 동생은 아들이어서 만 원을 준다면서 내게는 오천 원을 줬던 일, 걸핏하면 첫째나 막내와 비교당하던 일 등은 나 스스로 '중요한 사람이 아니다'라는 생각을 하게 했다.

그래서 나는 도망쳤다. 가족은 내게 무한한 사랑과 인정을 주는 곳이 아니었기 때문에 나를 나 자체로 사랑해줄 수 있는 친구와 연인에게 집착했다. 중학생 때부터 연애를 시작했는데 늘 순탄치 않았다. 나를 함부로 대하는 사람을 놓지 못했고, 부당한 대우를 받는다는 걸 알면서도 참았다. 내가 원하지 않는 상황이 있더라도, 거절하면 그가 실망할까봐 순응한 적도 많았다. 사랑받음으로써 쓸모를 증명하려고 했고, 노력하지 않으면 사랑을 받을 수 없다고 생각했다.

꼭 둘째 딸이 아니어도, 사랑받지 못하고 자란 아이들은 자신이 그 자체로 사랑받을 수 있는 존재라는 사실을 믿지 못한다. 그래서 상대가 작은 호의만 보여도 금방 사랑에 빠져버린다. 자신이 특별한 사람이라는 느낌을 받은 경험이 별로 없기 때문에 달콤한 말로 조종하는 사람에게 속기도 쉽다. 자신이 행복을 누리고 사랑받을 가치가 있는 사람이라는 걸 알지 못하기에 불행의 세계가 오히려 더 익숙하고, 그곳에서 빠져나올 생각을 하지 못한다. "날 사랑하는 게 맞아?" 하고 의심하고 집착하며, 상대를 시험하려 한다. 눈치를 보는 습관에 젖어 관계에서 문제가 생기더라도 상대방을 고려하느라 결단을 내리지 못하기도 한다. 비극적인 드라마의 여주인공처럼 행동하는 것이다.

나는 칼럼에서 나의 예전 모습과 닮은 여자들에게 그 상황에서 벗어났던 경험을 바탕으로 조언해주었다.

첫째, 스스로에게 연민을 가지는 것에서 벗어날 것. 그럴수록 너를 함부로 대해도 되는 줄 아는 사람이 주변에 늘어난다. '내 인생은 원래 불행해'라고 말하는 걸 그만둬라.

둘째, 일상에서 작은 거절을 조금씩 해볼 것. 거절도 근육이 필요한 일이라 처음에는 어렵지만 작은 것부터 해보다 보면 갈수록 쉬워진다. 의외로, 거절을 해도 아무 일도 일어나지 않는다는 것을 알게 된다. 특히 너를 진짜로 사랑하는 남자라면 네가 거절을 한다고 해서 떠나가진 않는다.

셋째, 나는 사랑받을 가치가 있다고 믿을 것. 자존감이 낮으면 관계를 끝낼 때가 되어도 '이 사람 말고 또 누가 나를 사랑해주겠어…' 하고 질질 끈다. 일상에서 작은 성취의 경험을 쌓고 온전히 존중해주는 사람들을 주변에 두면 인간관계에서 자꾸 무리하는 습관을 버릴 수 있을 것이다.

중요한 건 이것들이 바로 되지 않는다고 해도 포기하지 말아야 한다는 것이다. 천천히 시도하고 또 시도하다 보면 어느 순간 달라진 자신을 발견하게 된다.

당당하다는 표현이
불편한 이유

165센티미터에 77킬로그램. 키 크고 말라야만 모델이 될 수 있다는 사회적 편견을 깨고, 플러스 사이즈(빅 사이즈) 모델로 활동하고 있는 김지양 씨의 신체 조건이다. 그를 소개하는 글에 꼭 빠지지 않는 표현이 있다. 바로 '당당하다'라는 단어다. '당당하게' 무대에 올랐고, '당당하게' 포즈를 취했고, '당당하고' 멋지게 자기표현을 했다 등으로 쓰인다. '당당하다'의 사전적 의미는 '남 앞에 내세울 만큼 모습이나 태도가 떳떳하다'이다. 그런데 아이러니하게도, "나는 당당해!"라는 말은 어떤 상황을 해명한다는 느낌이 강하다.

그러니까 예컨대 덩치 있는 여자는 당당하면 안 되는데, 그럼에도 당당하니 놀랍고 대단하다는 뉘앙스가 담겨 있다. 특히 여성에 대해 자주 쓰이며, 여성이 여성을 선망하고 동경한다는 뜻의 '걸크러시'에서도 당당함이 핵심이다. 자기표현을 적극적으로 하고 자신감 있어 보이는 여자들을 칭찬한답시고 하는 말이지만, 나는 그런 특성을 가진 남자에게 '당당하다'고 표현하는 걸 한 번도 못 봤다. 포털에서 '당당한 남자'를 검색하면 '바람 피우고도 당당한 남자', '성기 확대로 당당한 남자 되기' 같은 결과가 대부분이다. 남자가 자신감 있고 자기표현을 적극적으로 하면 '남자답다', '카리스마 있다'라고 하지 '당당하다'고는 말하지 않는다. 왜? 남자가 당당한 건 당연한 거니까.

이처럼 여성에 대한 무의식적인 편견은 여성들 스스로 행동에 제약을 두게 한다. 미국에서는 한때 남자 배우들과 여자 배우들의 출연료 격차가 논쟁의 대상이 됐다. 배우 제니퍼 로렌스는 '왜 나는 남자 동료들보다 적은 돈을 받는가?'라는 글을 써 할리우드 출연료 정책의 관행을 비판했다. 그는 글에서 남자 배우들은 자신의 뜻을 강하게 드러내면서 좋은 조건의 계약을 성사시키는데, 왜 자신은 버릇없어 보이지 않는 데만 급급했는지 후회한다는 말을 남겼다. 그의 글에는 이런 내용이 있다.

"나는 까다롭거나 버릇없는 사람처럼 보이고 싶지 않았다. 사실 이러한 태도는 내가 몇 년째 고치려고 노력 중인 부분이다. 통계를 보니, 이런 문제를 겪는 여성이 나 혼자만은 아닌 것 같다. 우리가 이렇게 행동하는 게 사회적으로 결정된 걸까? 남자들을 '불쾌하게' 하거나, '겁나게' 하지 않는 방식으로만 의견을 드러내는 버릇이 아직도 남아 있는 걸까? (…) 나와 같이 일하던 남자들이 어떻게 이야기해야 자신의 의견이 반영될지 고민하면서 시간을 허비하는 모습은 본 적이 없는 것 같다. 그들이 사나운 태도로 협상을 했더라도 사람들은 전략적인 행동이었다며 칭찬했을 거라 확신한다. 나는 버릇없이 보일까 봐 걱정하며 내 정당한 몫도 받지 못했는데 말이다."

영화계뿐 아니라 일반 회사에서도 마찬가지다. 같은 내

용의 비판을 해도 유독 여직원은 '감정적이며', '싸가지 없는' 사람으로 평가되곤 한다. 그런 선배들의 모습을 본 여직원들은 가능한 한 자기표현을 하지 않으면서 몸을 사리기 마련이다. 일 잘하고 적극적인 여자들은 '기가 세다'는 말을 듣는 경우가 많으며, '기 센 여자'는 '당당한 여자'와 비슷한 맥락에서 사용된다. '기가 세다'는 표현 또한 남자에게는 쓰지 않으면서 여자에게만 갖다 붙이는 괴상한 표현이다.

그런 이상함을 감지하고 나서는 누군가 내게 '당당하다'고 말하는 것이 듣기 불편해졌다. 전부터 결혼식에 갈 때마다 신부들이 마치 죄라도 지은 사람처럼 시종일관 고개를 푹 숙이고 있는 것이 마음에 들지 않았다. 그래서 나는 결혼할 때 고개를 들고 하객들과 하나하나 눈을 맞추며 크게 미소 지었다. 사람들 앞에서 서약을 소리 내 읽었으며 편지에도 '남편을 섬긴다', '밥을 챙긴다' 같이 구시대적 표현은 쓰지 않았다. 그랬더니 결혼식이 끝나고 엄마 친구들이 모두 "신부가 어쩜 그렇게 당당하냐"며 신기해했다는 말을 들었다. 예상한 바였지만, 그 이야기를 들으니 사람들의 생각은 쉽게 바뀌지 않는구나 싶어 쓸쓸해졌다.

실제로 여자들은 말하고자 하는 내용보다 그 내용을 어떻게 전달할지 고민하는 데 더 많은 시간을 쓴다. 그러다 결국은 말하는 자체를 포기해버리곤 한다. 버릇없어 보일까 봐, 의사를 정확하게 표현하면 상대가 나를 싫어할까 봐서다. 그런 걱정을 하는 여자들에게 다 같이 당당해지자고 말하고 싶다. 여자들이 일상에서 당당한 것이 남자들이 그러는 것처럼 당연해진다면, 언젠가는 이 표현이 사라지는 날도 오겠지? '당당하다'가 복잡한 뉘앙스의 칭찬으로 쓰이지 않는 세상에서 살고 싶다.

착한 사람이
될 필요 없어

　　　　　　　　"강아지들은요, 아프면 도태된
다고 생각해요. 그래서 주인 앞에서 통증을 숨기죠."

　EBS1의 〈세상에 나쁜 개는 없다〉라는 프로그램에서 키
우는 강아지가 마룻바닥을 무서워해 걷지 않으니 고쳐달
라는 견주의 에피소드가 나왔다. 강아지를 유심히 살펴보
던 훈련사 강형욱 씨가 걸음걸이를 지적하며 뒷다리에 문
제가 있는 것 같다고 했다. 그러자 주인은 대수롭지 않게
말했다. "5년 전부터 그랬어요. 원래 다리를 절면서 걷는
습관이 있어요."

그러나 훈련사의 말에 따라 병원에 가서 정밀 진단을 받아보니 슬개골이 탈구되어 있음이 확인됐다. 수술을 받아야 할 정도로 상태가 좋지 않았다. 그 개는 통증 때문에 미끄러지기 쉬운 마룻바닥을 무서워한 것인데, 주인은 단순히 걷는 것을 싫어한다고 믿어온 것이다.

"아유, 착하기도 하지." 개는 항상 주인의 칭찬을 기다린다. 사람 입장에서 착한 개란 이런 것이다. 배변을 정해진 곳에 하고, 주는 것을 무엇이든 잘 받아먹으며, 사람을 절대 물지 않고, 주인이 없어도 집 안을 어지르지 않고 얌전하게 기다리는 것. 이런 일들을 할 때 개는 착하다는 칭찬을 듣고 간식도 얻어낼 수 있다.

사람도 그렇다. '착한 아이'는 부모의 말을 잘 듣는 것이 기본이다. 음식을 주는 대로 골고루 잘 먹고, 친구나 형제자매와 싸우지 않고 양보를 잘 하며, 떼쓰지 않고 울지 않아야 한다. 그럴 때 아이는 순하고 착해서 부모를 힘들게 하지 않는다고 칭찬을 받는다.

누구나 어릴 때는 부모에게 전적으로 의존한다. 착한 아이가 되어서 사랑과 인정을 받고 싶어 한다. 문제는 어른이 된 후에도 그 심리에 지배당할 때 발생한다. 아이는 부모에

게 기쁨을 주는 만큼 실망도 안기며 자란다. 부모의 기대
는 언제나 과도하고 자녀의 생각과는 어딘가 조금씩 빗나
가기 때문에 자연스러운 모습이다. 한 인간이 주체적인 존
재로 성장하는 데는 이 같은 부모와의 투쟁이 꼭 필요하다.
하지만 이 과정에서 과도한 억압을 받아 내면의 목소리를
듣는 데 실패하면, 그는 어른이 되어서도 상대의 말을 잘들
어 착한 사람이라는 평가를 받는 것에 집착하게 된다.

사람은 인생에서 일어나는 수많은 선택지 앞에서 어떤
식으로든 대응해가며 성장한다. 자신이 선택한 것에 대한
책임을 배우며 성인이 되는 것이다. 하지만 소위 '착한 사
람'들은 남들의 눈치를 보느라 자신이 무엇을 원하는지를
잊어버린다. 착하기만 한 사람들은 인생의 선택권을 자신
에게 주는 것이 익숙하지 않기 때문에 자신과 관련된 문제
에서조차 방관자의 자세를 취한다. 진로, 취업, 결혼 같은
중요한 결정조차 마찬가지다. 내가 온전히 선택한 것이 아
니기에 잘못되면 포기하는 것도 빠르고 남 탓을 하는 데도
익숙하다. 주인공이 아닌 관찰자로서 살아가는 것이다.

착하다는 평가에 집착하는 사람이라면 자신이 진짜로
원하는 것이 무엇인지 생각해보는 습관을 가지길 권한다.

주변에 그런 사람이 있다면 "항상 양보하지 않아도, 네 주장을 펼치더라도 미움받지 않는다"라고 조언해주기를 바란다. 그런 훈련을 하려면 '좀 미움받으면 어때? 모두에게 사랑받을 수는 없는 거니까' 하고 애써 담대해질 필요가 있다. 착해지려고 애쓰지 마라.

미국의 쇠락한 공업 지역인 러스트벨트에 살다가 미국 명문인 예일 로스쿨을 졸업하고 실리콘밸리에서 사업을 하고 있는 J. D. 밴스는 소위 '개천에서 난 용'이다. 그는 가난한 지역에서 약물 중독에 빠진 엄마와 양육권을 포기한 아빠 사이에서 자랐다. 성장기 내내 가난과 가정 폭력, 우울과 무기력에 시달렸다고 한다.

그는 저서《힐빌리의 노래: 위기의 가정과 문화에 대한 회고》에서 자신이 살았던, 미래에 대한 희망이 없고 고립된 사람들의 세계를 구체적으로 그려낸다.

밴스는 "물질적 빈곤보다 더 고통스러웠던 것은 안정감과 소속감을 느낄 대상의 부재, 목표의식의 부재라는 정신적 빈곤이었다"라고 말한다. 그리고 '문화적 단절'과 '사회적 자본의 부재'라는 현실을 벗어날 수 있었던 건 '나의 결정이 중요하다'고 느끼는 마음 덕분이었다고 했다. 밴스의 책에는 이런 표현이 있다.

> "노력 부족을 능력 부족으로 착각해서 스스로의 가치를 떨어뜨리며 살아왔다는 사실을 깨닫는 건 굉장히 중요하다. 이것이 사람들이 내게 백인 노동 계층의 어떤 점을 가장 변화시키고 싶으냐고 물을 때마다, '자신의 결정이 중요하지 않다고 느끼는 마음'이라고 대답하는 까닭이다."

밴스는 자신이 무기력했던 이유는 "가히 종교적이라 할 만한 수준의 냉소가 만연했기 때문"이라고 말한다. 나는 책에서 이 부분을 읽다가 '에너지 흡혈귀'라는 표현이 떠올랐다. 에너지 흡혈귀란 상대의 착한 마음을 이용해 자신의 이익을 챙기려는 사람들이나 육체적, 정신적, 심리적인 방법으로 상대의 기를 빼앗고 분노하게 만드는 존재들을 일컫는 말이다. 이와 비슷한 표현으로 요즘 신조어 중 하나인 '후려치기'가 있다. '물건값을 터무니없이 깎다'라는 본뜻에서 파생된 이 말은 관계에서 우위를 점하고자 상대를 깎아내리려 하는 행동을 뜻한다.

폭력적이고 권위적인 부모는 자녀에게 '너는 내가 없으면 아무것도 아닌 존재'라는 암시를 반복해 자신에게 의존하는 상황을 만들어낸다. 이런 양상은 연애에서도 흔히 나타난다. "나니까 너랑 만나주는 거야", "너는 가치 없는 사람이야" 같은 말을 반복하며 파트너를 그런 암시에 걸리도록 하는 것이다. 심리학에서는 '가스라이팅(gaslighting)'이라는 용어를 사용한다. 집 안의 가스등을 일부러 어둡게 해놓고 "집이 왜 이렇게 어둡지?" 하고 묻는 아내에게 "당신이 예민하군. 잘못 본 거야"라고 질타하면서 아내가 자신의 판단을 믿지 못하게 한 일화에서 유래했다.

이 같은 후려치기 또는 가스라이팅은 피해자가 스스로를 믿지 못하고 의심하게 유도해 가해자에게 의존하게 하는 명백한 감정적 학대다. 가해자는 이런 통제를 통해 자신을 떠나지 못하게 하고, 정상적인 인간관계를 맺는 방식에까지 해를 입혀 사회생활을 어렵게 한다.

심리분석학자인 로빈 스턴 박사는 가스라이팅의 피해자는 대개 다음과 같은 징후를 가진다고 정리했다. 첫째, 사과를 지나치게 자주 한다. 모든 책임과 의무를 자신에게 집중시키는 것이다. 둘째, 스스로 판단하여 결정을 내리기가 어려워진다. 자신에 대한 믿음이 없기에 다른 사람의 결정만을 기다리게 된다. 셋째, 자책을 많이 한다. 자신이 너무 예민하고 상태가 나빠지고 있다고 생각하는 것이다. 넷째, 폐쇄적인 성격이 된다. 친구나 가족에게 파트너의 행동을 숨기거나 변명 위주로만 일관한다. 또는 거짓말을 지나치게 많이 하거나 속내를 잘 드러내지 않는다.

가족이나 연인, 상사에게서 자꾸만 부당한 대우를 받고 있진 않은가? 상대가 당신을 지나치게 비난하고 염세적인 표현을 주로 하진 않는가? 그와 있었던 일을 남들에게 떳떳이 말하기가 갈수록 어려워진다면, 그와 있을 때마다 깊은 우물 속으로 빨려드는 느낌을 받는다면 우선 도망쳐라. 그는 당신을 무기력하게 만들어 조종하려 하고 있다. 당장 떠나는 것이 어렵다면 최대한 거리를 두는 것부터 시작하자. 그가 하는 말을 사실로 받아들이지 않도록 주의해야 한

그와 있을 때마다 깊은 우물 속으로 빨려드는 느낌을 받는다면 우선 도망처라.
그는 당신을 무기력하게 만들어 조종하려 하고 있다.

다. 상대의 말보다 나의 직관과 감정을 믿어야 한다. 그러면서 스스로에게 물어야 한다. 저 사람을 만나기 전 나와 지금의 나는 어떻게 다르지? 저 사람 곁에서 나는 더 나빠진 걸까, 더 좋아진 걸까?

저마다의 상처를
다독이며 산다

《라이프 프로젝트: 무엇이 인생의 차이를 만드는가》라는 책에는 성취자들과 비성취자들의 차이에 대한 연구 결과가 나온다. 연구자 필링은 '실패할 운명을 타고난' 아이들의 기준을 정했다. 첫째, 한쪽 부모가 없거나 형제가 5명 이상인 가정에서 자란다. 둘째, 소득이 낮아서 학교 무상급식 등의 복지 혜택을 받는다. 셋째, 온수가 나오지 않거나 1.5명 이상이 같은 방에서 생활해야 하는 환경에서 산다. 반면 '성취하는 아이들'에게는 이러한 특징이 있었다. 첫째, 부모가 자녀 교육에 관심이 많고 미래에 희망과 포부를 가지고 있다. 둘째, 구직 기회가 많은 지역에서 산다. 이에 비해 비성취자들은 산업이 쇠퇴하여 직업을 찾기 어려운 지역에 사는 경향이 있다.

필링은 연구 참여자들 중 이처럼 불우한 환경에서 자란 386명의 아이를 찾아냈다. 그들의 삶을 추적한 결과, 그중 303명은 실제로 교육을 제대로 받지 못했고 소득이 낮거나 직업이 아예 없었다.

나는 희망 없는 도시의 가난한 가정에서 태어났다. 내가 태어난 대구시는 1인당 지역총생산이 22년째 꼴찌인 도시다. 청년 실업률은 항상 전국 3위 안에 든다. 부모님은 살기에 급급해 나를 보살필 수 없었다. 초등학교 때부터 신문배달을 하고 전단을 돌리는 아르바이트를 했다. 어째서 가난한 사람들 주변에는 교육받지 못하고 비슷한 처지의 사람만 있는 것일까? 엄마, 아빠, 이모, 이모부, 고모… 가까운 친척 중 대학을 나온 사람은 아무도 없었다. 그들은 교육으로 계급 상승을 할 수 있다는 상상조차 못 했다. 자식이 자신들보다 잘살아야 한다고 생각하면서도 그 방법이 뭔지는 몰랐다. 어릴 적의 내가 어른들에게 제일 많이 들은 말은 '송충이는 솔잎을 먹어야 한다'였다. 포기하는 법부터 배우라는 뜻이다.

가난해도 원하는 걸 가질 수 있다는 걸 증명하고 싶었다. 나는 글을 쓰고 싶었다. 도망치듯 서울로 왔고, 취업을 했다. 그리고 10년 가까이 직장생활을 했다. 직장생활 초기에는 다른 사람들보다 문화적으로 훨씬 뒤처져 있다는 생각에서 항상 무언가를 배웠다. 당시까지는 소비를 할 때 가성비만을 기준으로 했기 때문에 취향이랄 게 없었다. 사진을 배우고 그림을 배우고 연극을 배우고, 새로운 사람들을 만나며 새로운 경험을 했다. 안정적인 수입이 생기니 보고 싶은 사람이 있으면 내가 먼저 보자고도 할 수 있었다. 그러면서 문화적 자본도 서서히 쌓여갔다. 소위 '인맥'이라고도 하는 그것, 도움을 줄 수 있고 필요하면 받을 수도 있는 사람들도 많이 생겼다. 연애를 하며 많은 사랑을 받았고, 이는 애정 결핍이었던 나를 많이 치유해주었다. 자잘한 성취의 기억이 쌓이면서 자존감도 높아져 갔다.

이제 나는 거기서부터 도망쳐 왔다고 생각하는데, 이런 순간에도 불안감이 나를 덮친다. 악몽을 너무나 자주 꾼다. 과거의 무력한 나를 떠올리는 경험을 할 때마다 감정을 추스르기 힘들다. 얼마 전엔 엄마에게 집을 살 거라고 했다가

"서울은 집이 너무 비싸서 어차피 넌 노력해도 못 사"라는 말을 들었다. 내가 대학에 가고 싶다고 했을 때도, 서울로 가고 싶다고 했을 때도 부모님은 같은 논리로 내게 말했었다. 그들은 경험한 적이 없는 것이다. 원하는 것을 성취한 경험 말이다. 그 때문에 인생에서 원하는 것이 있다면 노력해서 가지라고 말하는 대신, 상처받지 않기 위해 '포기하라'고 말하는 것이다.

상처받은 사람들, 사랑받지 못한 사람들은 겉으로는 멀쩡해 보이지만 저마다의 사연을 가지고 상처를 다독이며 산다. 얼핏 다 나은 것 같아 보여도 통증은 불현듯 찾아온다. 그런 의미에서 어쩌면 우리가 만나는 많은 이들은 마음의 지옥을 견뎌내는 생존자들인 것이다. 이들은 이전으로 돌아가기를 두려워하지만, 지금 여기서도 영원한 이방인으로 떠돌아다닌다.

우리는 소위 '개천 용'들을 부러워하지만 정작 개천에 대해 세상은 아무것도 모른다. 모르기에 두려워하거나 포장하려고만 한다. 하지만 삶은 디테일이 없으면 아무것도 아니다. 우리가 할 수 있는 일은 개천을 대상화하지 않고 그 자체로 바라보려고 노력하는 일뿐이다. 나는 가끔, 쓸쓸해 보이는 사람을 보면 저 사람은 어떤 개천에서 살다 왔는지 궁금해진다. 그리고 다가가 물어보고 싶은 충동을 느끼곤 한다. "너도 악몽을 자주 꿔?"라고.

비싼 가방을 사도
행복은 딸려오지 않는다

지방에서 대학을 졸업한 해에 서울 광화문에 있는 잡지사에 입사했다. 한강도 신기하고 길에 사람이 너무 많은 것도 신기했다. 특히 자우림이 왜 굳이 일상이 지루할 땐 신도림역 안에서 스트립쇼를 하자고 노래했는지 신도림역에 가보고서 한 번에 이해했다. 여기서 스트립쇼 하면 '비브라늄 멘탈' 인정, 그 정도면 무엇이든 할 수 있는 사람이다. 지하철을 왜 '지옥철'이라고 부르는지도 알게 됐고, 서울에서는 코딱지가 많이 생긴다는 것도, 도화살이 있는 건가 고민하게 한 서울 남자 특유의

'했니~' 하는 다정한 말투가 굳이 나를 좋아해서 그런 게 아니라는 것도 알게 됐다.

서울 생활에 익숙해져 가면서 나는 이상한 점을 깨달았는데 '서울 것들'은 무언가 때깔이 다르다는 점이었다. 자연스러운 가운데 멋이 흐른달까. 그 세련된 스타일에 주눅이 들었다. 당시 나는 내게 어울리는 것이 무언지를 생각하고 구매해본 경험 자체가 빈약해 취향이랄 게 없었는데, 서울 것들은 저마다 홍대스럽고 가로수길스러웠다. 뭘까, 저 비결은? 그러다가 나는 하나의 포인트에 집착하게 됐다. 바로 명품 가방이다. 놈코어룩으로 옷은 심플하게 입더라도 가방에 힘을 주면 시크해 보인다는 나름의 결론을 내린 것이다. 그래, 명품! 명품 가방을 사야 해.

당시 내 월급은 세후 160만 원 정도였다. 월세, 교통비, 식비⋯. 서울에서는 숨만 쉬어도 돈이 들어간다. 한쪽에선 명품 가방을 사고 싶어 하고 한쪽에선 그런 생각을 하는 자신을 구박하는 데서 불행이 시작됐다. 내 속물성을 인정하기 어려웠다. 몸을 학대하며 도를 닦는 수도자처럼 명품 가방을 사고 싶다는 생각이 들 때마다 스스로를 경멸했다. 무언가 잘 안 될 때 자기경멸만큼 쉬운 해법도 없다.

이상한 일이다. 사고 싶은 마음을 억누르고 미워할수록 머릿속에서 명품 가방이 떠나지 않는 것이다. 사랑은 '빠진 다'고 하고 도박은 '중독된다'고 하는 데, 맹목적으로 사로잡힌 상태를 '미쳤다'고 표현한다면 당시가 꼭 그랬던 것 같다. 날마다 출퇴근길 지하철에서 명품 가방을 검색하고, 카페에 앉아 지나가는 사람들 가방을 구경하며 브랜드를 맞추곤 했으니까. 그리고 밤이면 다시 '겨우 이 정도밖에 안 되는 된장녀'를 미워하며 자학했다. 그 짓을 무려 1년 넘게 하고 나니 지긋지긋해졌다. 결국 10만 원을 주고 매장 언니의 말에 따르면 'A급'이라는 샤넬 가방을 샀다.

하지만 명품 가방에 대한 집착은 사그라들지 않았다. 도리어 더욱 강렬해지고 일그러졌다. 사람들이 자꾸 내 가방을 빤히 보는 것 같고, 그럴 때면 불안한 내 마음도 겉만 그럴싸한 짝퉁 같았다. 샤넬 가방을 메고 지하철에서 이리저리 흔들릴 때의 자괴감, '홍 저 사람 것도 짝퉁이겠지' 하는 후려치기의 마음이 사람을 구질구질하게 했다. 그로부터 몇 개월 후, 한 달 치 월급이 넘는 명품 가방을 질러버렸다.

그렇게 구입한 명품 가방은 역시나 고급스러웠다. 하지만 딱 거기까지였다. 사기 전에는 그것만 사면 인생이 바뀔 것 같았는데, 그런 일은 일어나지 않았다. 한 달, 두 달, 석 달이 지나면서 그간 내가 했던 비이성적인 행동이 점차 이해되기 시작했다. 나는 명품 가방을 산 게 아니라 '서울의 멋진 직장 여성의 세계'에 진입하는 입장권을 산 거였다. 하지만 그건 실체가 없는 이미지였을 뿐이므로 가방을 아무리 사더라도 행복은 딸려오지 않았다.

당시 나는 외로움, 애정 결핍, 낮은 자존감을 소비라는 가장 쉬운 방법을 통해 채우고 싶어 했던 것이다. 그거라도 갖추지 않으면 정말로 나는 작아지고 작아져 서울이라는 이 도시에서 사라져버릴 것 같았기 때문이다. 가방으로라도 인정받고 싶었던 자그마한 마음을 돌보는 일이 우선이겠다고, 소가죽으로 된 무거운 가방을 들 때마다 난 생각했다.

요즘도 가끔 우울한 날이면 뭐라도 사고 싶다는 충동을 느낀다. 일상은 굴욕적이지만 쇼핑의 세계에서는 소비자로서 배려와 존중을 넘치게 받을 수 있으니까. 그럴 때는 그저 그 상태임을 알아차리기만 해도 도움이 된다. 카드를 꺼내기 전에 먼저 나를 다독여주는 것이다. '너 요즘 많이 힘들구나' 하고.

아씨가 체질

내가 어릴 때 주변 어른들이 주로 쓰던 경상도식 핀잔 중에 '포시랍다'는 표현이 있었다. 음식 투정을 하거나, 시키는 걸 하기 힘들어하는 아이들을 보면 어른들은 이런 식으로 말하곤 했다. '그래 포시라바서 어찌 살라 카는데?' 표준어로 번역하면 '너는 그렇게 귀하게 자란 사람마냥 유약하게 굴어서 어쩌려고 그러니?' 정도가 되겠다. 이기적이거나 빠릿빠릿하지 않다고 생각되는 사람에게 최대한 순화해서 사용하는 비난이었기 때문에 이 말을 듣는 사람은 흠칫 놀라며 "저 하나도 안 포시라운

데요?" 같은 말을 반사적으로 내뱉곤 했다.

'포시랍다'는 말을 떠올리면 온 가족이 함께 보던 MBC 일일연속극 〈보고 또 보고〉에 관련된 기억이 이어진다. 임성한 작가가 쓰고 김지수, 정보석, 허준호, 윤해영이 주연으로 나온 이 드라마에서는 정보석, 허준호 형제와 결혼하게 된 윤해영, 김지수 자매의 맞사돈 관련 에피소드가 주로 등장했다. 우리 가족 중에서 정식 이름을 부르는 사람은 아무도 없었고 저녁을 먹고 나면 엄마가 이렇게 말하곤 했다. "금주와 은주 틀어라."

거기 나오는 은주가 꼭 내 모습 같았다. 2녀 1남 중 차녀인 은주. 이름부터가 '금'이 아니고 '은'인 은주. 그림을 그리고 싶었지만 당장의 생활을 위해 간호사로 일하는 은주. 가만히 있어도 귀애받는 금주와 달리 애쓴 것의 반의 반도 인정받지 못하는 은주. 사랑 받아서 피해의식이 없고, 피해의식이 없어서 해맑고, 해맑으니까 누구든 사랑하는 금주. 언니만큼 사랑받고 싶었으나 사랑을 갈구하니 자꾸만 무리하고 무리하니까 억척스럽고 그 억척이 만들어낸 그늘이 부담스러워 사랑하기 어려운 은주.

드라마 속에서 유독 기억에 남는 씬이 하나 있다. 시어머니에게 야채를 씻어두라는 말을 들은 금주가 난감한 표정을 짓더니 따뜻한 물로 야채를 하나하나 세척한다. 뒤늦게 그걸 본 은주가 황당해하며 야채를 온수로 씻는 사람이 어디 있냐고, 야채가 다 물러진다고 잔소리를 하는데 금주가 울상을 지으며 말한다. "찬 물로 씻으면 손 시럽단 말이야." 와. 어마어마하게 포시랍네. 지금 생각하면 별 것 아닌 그 장면이 어찌나 충격이었는지.

오랫동안 그런 사람들을 불편해했다. 아침에 머리를 말리고 있으면 엄마가 자른 사과나 김에 싼 밥을 입어 넣어준다고 하는 아이들. 아르바이트를 하다 '저 돈 때문에 하는 거 아니거든요. 사회생활 경험해보려고 하는 거거든요' 같은 소리를 하는 아이들. 그런 이들과 있으면 화내야 할 때 둔감하거나 언제나 절박한 내 상황이 비교돼 짜증이 났다. 손님이나 직원의 말에 이토록 모욕적인 언사를 처음 들어본다고 놀라는 아이들, 알바비 좀 늦게 나와도 상관없다고 말하는 아이들. '귀하게 커서' 세상 물정 모르는 아이들…. '쓸데없이 예민한' 아이들….

잊고 있던 '포시랍다'는 표현을 다시 떠올린 건 육아를 하면서였다. 엄마가 된 나에게 사람들이 종종 물어보곤 했다. "아이를 어떻게 키우고 싶어?"라고. 그럴 때 나는 이렇게 대답하곤 했다. "귀하게 키울 거야. 사랑을 많이 받으면 유약해지는 게 아니라 내면의 중심이 단단해지는 것 같아. 남과 비교를 덜 하게 되고." 그리고 나는 농담 섞인 이야기를 덧붙인다. "부모에게 사랑을 못 받으면 나중에 누가 조금만 관심을 줘도 바로 사랑에 빠져버린단 말이야. 대우받는 기준을 부모가 높여놔야, 커서 함부로 감격 안 해." 그런 식으로 대답하면서 스스로 알게 되었다. 지금 내가 아이의 성향이었으면 좋겠다고 바라는 것들이 과거에 미워하던 사람들의 특성이었다는 것을.

누가 조금만 관심을 가져주면 바로 사랑에 빠지는 사람은 오래전 내 모습이었다. 내가 좋아해서 만나게 되는 게 아니라 날 좋아해 주는 게 좋아서 사귀었다. 사랑한다고 말했다가 때릴 땐, 화나면 그럴 수 있다 이해해주었다. 포시라운 여자라는 소리를 들을까 봐 내내 조심했다. 아파도 병원에 가지 않다가 '왜 이제야 왔느냐'는 의사의 책망을 병원에 갈 때마다 들었다. 친구들에게 속내를 잘 말하지 않다가 의뭉스럽다는 말을 들은 적도 여러 번이다. 털털한 사람으로 보이려다 내가 자꾸만 스스로를 하녀 취급하고 있었다. 스스로를 하녀 취급하니 나를 부리고 싶어하는 사람들만 냄새를 맡고 곁에 다가왔다.

나에게만 일어나는 것 같은 불행한 경험들이 자꾸만 이어지면서 '포시랍다'는 비난 자체가, 그런 비난을 하는 맥락 자체가 하대 받기를 종용하는 말이란 걸 알게 되었다. '참아라, 순종해라, 무던해라. 그래야 사랑받는다.' 부당한 일에 싫다고 말하고 불편하다고 말하고 기분 나쁘다고 말하면서 더 이상 이런 대접을 참지 않겠다고 말하는 사람을 경계하기 위해 만들어낸 말이 '포시랍다'는 비난이었다.

돌이켜보니 공주님인 척하는 사람이 될까 봐 경계했지만, 사실 동등한 대우를 받고 싶었다. "괜찮아요"라는 말은 줄이고 "싫어요" "못해요" 같은 말을 늘이는 연습을 더듬더듬 해나가며 생각했다. 어쩌면 내가 원래부터 하녀가 아닐 수도 있다고. 남에게 존중받는 것에도 훈련이 필요하다고.

비슷한 시기에 황인숙의 시 〈나의 맹세〉를 처음 보았던 날이 떠오른다. 한 번 보고 놀라서 불경 낭독을 하듯 오랜 시간 공들여 천천히 반복해서 읽고 또 읽다가 너무 깊이 몰입해 얼굴이 시뻘개졌었지. 그렇지, 그런 거라면 역시 나도 아씨가 체질이었다.

나는 역경을, 불운을, 고통을

따뜻이 영접하지 않겠다.

울음소리로 미루어

까마귀는 참 속 깊은 새인 듯싶기도 하지만.

아, 비천하게도 나는, 아씨 체질인 것이다.

처지는 비록

아씨를 모셔도 시원치 않을지라도.

갑질은 계속된다,
멈추라고 하지 않으면

갑질의 신세계를 봤다. 김무성 의원이 선보인 '노 룩 패스(no look pass)' 이야기다. 그가 공항 입국장에서 수행원에게 캐리어를 밀어 보낸 영상은 엄청난 화제가 됐다. 그를 맞이하는 수행원이 고개 숙여 인사했지만, 김 의원은 눈길 한 번 주지 않고 그쪽으로 가방만 굴려 보냈다. 수많은 카메라가 지켜보는데도 이미지 관리 차원에서 약간의 연기조차 할 필요를 못 느꼈을 정도로 그에겐 당연한 일이었다. 실제로 그는 이후 논란을 해명하라는 요청을 받자 "그게 왜 문제가 되냐? 바쁜 시간에 쓸데없는 일 가지고…"라고 응수했다.

영상이 검색어 상위에 오르며 논란이 됐던 건 아마 숙였던 고개를 들자마자 황급히 가방을 잡아내던 수행원의 모습에서 우리가 이미 알고 있는 그 맛, 모멸감의 맛이 느껴졌기 때문일 것이다. 국어사전에서 설명하는 모멸감의 뜻은 '업신여김과 깔봄을 당하여 느끼는 수치스러운 느낌'이다. 김찬호 교수의 책《모멸감》을 보면, 자신의 결핍과 공허를 채우기 위해 한국인이 가장 많이 취하는 방법 중 하나가 다른 사람을 모멸하는 것이라고 한다. 위계를 만들어 누군가를 무시함으로써 자신의 존재감을 확인하는 것이다. 나 또한 김무성 의원의 캐리어 영상을 반복해서 봤다. 그러다 좀 슬퍼졌는데, 수행원의 모습에서 잊었던 모욕들이 되살아났기 때문이다.

내가 무엇을 잘못했는지를 습관처럼 곱씹던 밤이 있었다. 터벅터벅 집에 돌아와 신발을 벗어도 밖에서 묻혀온 부정적인 말들은 털리지 않고 방까지 따라 들어왔다. 대학 때 생활비를 벌기 위해 주말이면 영화관, 호프집, 패밀리레스토랑 등에서 아르바이트를 했다. 나에겐 긴장된 일터가 손님들에겐 서비스를 받으며 일상의 스트레스를 풀어내는 힐링의 장소였다. 친절과 웃음을 끝없이 요구받는 것이 버거워서 그만두고 싶은 때가 한두 번이 아니었다. 출근할 때면 걸리적거리는 자존감을 작게 접어서 집에 두고 나서곤 했는데, 너무 자주 숨겨두다 보니 정작 필요할 때조차 꺼낼 생각을 하지 못했던 것 같다.

"머리가 나쁘니까 이런 데서 일하지" 같은 말을 손님들은 아무렇지도 않게 했다. 그들만이 아니다. 그런 이상한 말은 도처에 있었다. 대학 때 사귀던 연상의 남자 친구는 "넌 여자가 기가 너무 세서 문제야"라고 말했다. 강의 중 "여자들은 이기적이라 기업이 싫어한다"라고 한 교수도 있었다. 덩치 큰 여자 후배가 치마를 입고 온 날, 남자 선배가 낄낄대며 말했다. "이야, 너 용기 있다!" 이처럼 편견에 찌든 말, 고압적인 말, 폭력적인 말들은 나를 쪼그라들게 했다. 물론 그중엔 악의 없는 농담도 있었겠지만, 그렇다고 해서 상처를 주지 않는 것은 아니다.

나이를 먹어가면서 나는 사람들의 이상한 말에 분명히 대처해야 한다는 것을 깨달았다. 왜냐하면 무례한 사람들은 내가 가만히 있는 것에 용기를 얻어 다음에도 비슷한 행동을 계속했기 때문이다. 그들은 삶에서 만나는 다음 사람들에게도 용인받은(그들은 그렇게 생각했다) 행동을 반복했다. 또한 나는 그런 말에 대응하지 않음으로써 패배감을 쌓아갔고, 그렇게 모인 좌절감은 나보다 약자를 만났을 때 터져 나오기도 했다. 갑질의 낙수 효과다.

모두에게 친절한 것이 능사가 아니란 건 한 기업에서도 증명했다. "성희롱이나 폭언을 하는 고객에게 두 차례 경고한 후, 그치지 않으면 상담원이 먼저 전화를 끊어라." 2012년 현대카드가 전화 상담 직원에게 내린 지침이다. 2016년부터는 폭언과 성희롱 외에 인격 모독이나 위협성 발언을 하는 고객의 전화도 끊을 수 있게 했다. 이 '엔딩 폴리시'를 시행한 결과 상담원의 이직률이 크게 낮아졌다. 이 지침은 폭언하는 고객들에게도 영향을 줬다. 상담을 중단하겠다는 경고만 해도 당황하며 태도를 바꾸는 사람이 많았다고 한다.

무례한 사람도 처음부터 그런 사람이었던 건 아니다. 사람은 역할에 따라 적절한 옷으로 갈아입는데, 어느 순간부터 '갑의 옷'을 벗는 걸 잊은 것이다. 회사에서 대표인 사람이 집에서나 친구를 만날 때조차 대표처럼 행동하는 모습을 많이 봤다. 나이가 들고 사회적 지위가 올라가면서 행동을 제지하는 사람들이 줄어들자 자신이 옳다는 용기가 생긴 것이다. 그러면서 무례함이 걷잡을 수 없이 부풀어 올랐고, 풍선처럼 부푼 무례함으로 높이 떠오르자 모든 사람이 그의 발아래 있게 됐다.

'갑질', '개저씨' 같은 한국어가 수출되는 세상이다. 영국 매체 〈인디펜던트〉는 이 표현을 설명하며 '갑질'은 한국의 고질적인 문제라고 지적했다. 갑질의 대물림은 우리 세대에서 끝내야 한다. 그러려면 사회적으로 서로의 갑질을 제지할 수 있는 분위기를 조성해야 한다. 누구든 의사를 명확히 표현하는 것이 장려될 때, 수평적이고 자유로운 문화가 우리의 유산으로 남겨질 것이다. 참는 것이 미덕인 시대는 끝났다.

모든 질문에
답하지 않아도 돼

스스로에게 질문을 많이 하던 시절이 있었다. "나는 누구지?", "뭘 하고 싶지?", "나는 왜 이렇게 생겨 먹었을까?" 같은 물음. 선택할 일이 많았기 때문이다. 지금까지와 다르게 살려면 스스로에게 자꾸만 질문을 던져야 했기 때문이다. 사람들은 보통 행동을 하기 위해 확신이 필요하다고 생각하지만, 사실 모든 행동은 질문에서 시작한다. "이건 왜 이렇게 하는 거지?", "이 길이 맞는 건가?"라고 자신에게 물어야 한다.

나이가 들수록 스스로 던지는 질문보다 남들에게 받는

질문이 더 많아진다. 어른들은 '천 번은 흔들려야 어른이 되는 것'이라는 등의 말을 하면서도 정작 흔들리는 모습을 보면 답답해한다. 그 과정에서 성공에 대한 기억일수록 과장되고 미화되어 우연한 사건조차 필연으로 탈바꿈한다는 사실은 대개 간과된다. 그걸 잊은 사람일수록 남에게 이렇게 말한다. "왜 이것밖에 못 해?"

　스스로 질문을 던질 때는 고민들을 주섬주섬 꺼내 천천히 펼쳐볼 수 있었다. 그런데 질문을 받는 것은 나를 한마디로 요약해 변호하는 일이었다. 여기서 대답은 분명하고 일관돼야 하며, 다른 사람이 들었을 때 바로 수긍할 수 있는 것이어야 한다. 이런 구조에서는 삶의 디테일이 빠진다. 예를 들어 나는 천주교 세례를 받았고 성모 마리아상을 집에 두고 있지만 불교 서적 읽는 것을 좋아하고 자주 절에 가 예불도 드린다. 하지만 "종교가 뭔가요?"라고 누가 물으면 "천주교를 믿는데 불교도 좋아해요"라고 말하지 못한다.

　　"사람은 모든 질문에 대답하지 않아도 된단다. 모든 것에 대답하려고 하면 어떻게 되는지 알아? 잃어버린단다. 자기 자신을."

이 문장에 내가 크게 감동한 배경에는 그런 피로감이 있었다. 이 대사가 등장한 마스다 미리의 책《내가 정말 원하는 건 뭐지?》에는 이런 대답도 있었다.

"무엇이 되고 싶은지는 모르지만 누구도 되고 싶지 않아."

마스다의 또 다른 책《결혼하지 않아도 괜찮을까?》는 35세 미혼 여성 수짱과 결혼 후 퇴직한 마이코를 대비해 보여준다. 수짱은 결혼하지 않은 삶에 그럭저럭 만족하면서도 가끔 만나는 마이코를 부러워하고 노후를 걱정한다. 결혼해 임신한 마이코는 결혼생활에 큰 불만은 없으면서도 아이 때문에 크게 변할 미래를 두려워한다. 결혼하지 않은 수짱이 속 편해 보이기도 한다. 이렇게 저마다의 입장이 팽팽히 대립하는 것이 우리가 인생에서 만나는 모든 관계이기도 하다.

마스다의《아무래도 싫은 사람》에서는 주인공 수짱이 자꾸만 한 직원을 싫어하게 되자 회사를 그만두는 것을 결말로 택한다. 그 직원을 바꾸지도 않고 수짱이 마음을 완전히 고쳐먹지 않아도 되는 이 결론은, 각종 자기계발서에서 줄기차게 말하는 진취성 같은 것과는 거리가 멀다. 그러나 마스다 미리는 그것이 실패가 아니라 선택일 뿐이라고 말한다. 이후 《수짱의 연애》에서는 수짱과 그의 상사가 다음과 같은 대화를 나누는데, 이 역시 작가의 그런 세계관을 반영하고 있다.

> "난, 요시코 선생의 일하는 방식이 좋아."
> "하지만 전 이전 직장에서 반은 도망치듯 나왔어요."
> "그런 건 지금은 상관없어. 그렇게 하길 잘했다, 하고 생각해버리면 아무것도 아니지. '도망쳤다'가 아니라 '그만뒀다', 단지 그뿐인 거야."

오랫동안 고민해 선택한 결과가 대단하지 않더라도 자신조차 시시하게 여기지 말라는 것, 같은 방식으로 다른 사람이 선택한 인생에 대해서도 시시하게 여기지 말라는 이야기를 작가는 여러 책에서 반복한다. 작가의 에세이 《어느 날 문득 어른이 되었습니다》에서도 그는 자신의 성격 중 마음에 드는 부분이 "한 가지 일에 실패해도 내 전부가 엉터리라고 생각하지 않는 것"이라고 말한 적이 있다. 이런 담담한 긍정은 자신에게 계속해서 질문하고 그 대답을 오래도록 찾아온 사람에게 주어지는 선물 같은 통찰이 아닐까?

시시한 어른이 되지 않기 위해 "당신이 원하는 건 뭐야?"가 아니라 "내가 정말 원하는 건 뭐지?"라고 질문을 바꿔보자. 그러면 어느 날 또 다른 나를 발견할지도 모른다. 자신에 대한 질문을 멈추고 다른 사람에게만 지나치게 관심을 갖는 건 내 미래가 더는 궁금하지 않아서이기도 하니까. "괜찮아?"는 사실 남이 아니라 자신에게 종종 해야하는 질문이다.

자존감 낮은
애인과의 권태기

        연애 상담 칼럼을 쓰던 때 많은 에피소드를 접했다. 결별에는 무수히 많은 이유가 있지만, 20대 때는 서로의 상황이 바뀌면서 다툼이 잦아져 헤어지는 경우가 특히 많은 것 같다. 대학생일 때는 비슷한 상황에서 연애를 하지만 한쪽이 전역을 하고 한쪽은 취준생이 되거나, 한쪽은 취업을 하고 한쪽은 고시 공부를 하는 등 입장이 바뀌면서 다툼이 잦아지는 듯하다.

  남자 대학생 K도 비슷한 상황이었다. 그는 연애 상담을 부탁한다며 내게 장문의 메일을 써 보냈다. 전역을 하고 나니 본인은 대외활동도 열심히 하고 학교생활도 더 열심히 해야 할 것 같아서 바쁘게 살고 있는데, 1년 넘게 취업 준비를 하고 있는 여자 친구는 자취방 밖으로 잘 나가려 하지 않으며 게을러서 살이 찌기까지 해 한심하게 여겨진다는 것이었다. 그는 이 때문에 권태기가 왔는데, 자신이 먼저 헤어지자고 해도 될지 궁금하다고 했다.

나는 K의 여자 친구 같은 사람을 많이 봤다. 취준생일 때만큼 자존감이 낮아지는 경우도 흔치 않은 것 같다. 그럴 때 주변에서 그를 사랑하는 사람이 보듬어준다면 괴로움에서 벗어나기가 훨씬 쉬워질 텐데, 쉽지 않은 일이다. 나는 이렇게 답장했다.

K 씨는 헤어지려고 마음의 결정을 거의 한 것 같고, 저에게 질문한 의도나 뉘앙스도 헤어지라는 답을 듣고 싶은 게 아닐까 합니다. 대부분의 고민 상담은 이런 식입니다. 다들 마음속에 이미 정한 답이 있는데, 그걸 다른 사람의 입을 통해 확실히 듣고 싶은 거죠. K 씨는 저한테 헤어지라는 말을 들음으로써 결정권을 넘겨 죄책감을 덜고 싶어 하는 것 같네요. 지금이 '권태기'인 것

같다고 했는데 저는 그 말을 별로 좋아하지 않아요. 관계를 끝내고 싶어 하는 사람들이 손쉽게 이용하는 무기라고 여겨지거든요. 모든 관계는 시간이 흐르면서 계속 변하기 마련이고, 특히 연인 관계 초기의 열정이 친숙함으로 바뀝니다. 그걸 자연스럽게 받아들이고, 뭔가 변화를 모색해 관계를 유지하고 성장시키고자 고민하는 사람들은 '권태기'란 말을 쓰지 않아요.

여자 친구가 게으르다는 사실을 사귀는 초기에는 몰랐나요? 그때는 게을러도 다른 장점이 있다고 생각했을 텐데, 뭐가 변한 걸까요? 매일 둘이 자취방에서 노는 것이 왜 이제야 문제가 될까요? 사실 사람은 상황에 따라 생각하고 행동할 수밖에 없습니다. 서로의 달라진 상황을 보세요. K 씨는 복학생, 열심히 살아보겠다는 의지가 가장 충만할 때죠. 하지만 여자 친구는 취준생으로 자존감이 많이 떨어진 상태이고요. 여자 친구는 취업 준비가 길어져 약간의 우울증이 생긴 것처럼도 보입니다. 그런 여자 친구에게 혼내듯이 바뀌라는 말만 한다면, 상황이 더 심각해지지 않을까요?

여자 친구를 아직 사랑하는지를 스스로에게 물어보

는 게 먼저인 것 같네요. 사랑하지 않는다는 결론이 나온다면 자꾸 여자 친구 핑계를 대지 말고 헤어지세요. 만약 사랑하고 있다는 결론이 나온다면, 그때는 지금과는 다른 방식으로 여자 친구와 함께 노력해나가야겠죠.

여기서 중요한 건, 상대에게 바꾸라고만 해서는 안 된다는 겁니다. 사람의 자존감은 말로 한다고 높아지는 게 아니고, 실제로 객관적인 인정을 받거나 성취감을 느꼈을 때 높아집니다. 여자 친구와 시간 맞춰 함께 운동을 하거나, 쉽게 할 수 있는 대외활동을 하거나, 어학원 등록을 하는 등의 노력을 해보세요. 이러한 노력과 함께 여자 친구에게 미래를 함께할 생각 때문에 맞춰나가고 싶은 거라고 애정이 느껴지게 설명하고, 달라지지 않는다면 그때는 우리 관계를 다시 생각해야 할지 모른다고 확실히 입장을 전해보세요.

기억 보정의 함정

요즘은 스마트폰으로 셀카를 찍을 때 사진 보정 앱을 이용하는 것이 거의 필수가 됐다. 사진을 찍고 보정하고를 반복하다 보면 사진첩 속에는 내가 나라고 기억하고 싶은 모습들만 남게 된다. 내가 나라고 믿고 싶은 것만 남기는 마음. 저마다의 기억도 이처럼 보정되고 삭제되는 것이 아닐까?

'인생 사진'을 남기고자 할 때는 수십 장의 사진을 찍고, 그 많은 사진 속에서 제일 잘 나온 것을 고른다. 거기다가 필터나 뽀샤시 효과, 갸름하게 하는 효과를 적용한다. 그러다 보면 내 모습이지만 이미 내가 아닌 이미지만 저장된다. 그렇게 만든 사진들을 계속 보고 또 보면서 그 사진 속 모습이 진짜 나라고 믿게 된다. 그러다가 다른 사람들이 찍어 준 내 사진을 보면 화들짝 놀라며 사진이 너무 못 나왔다고 생각되고, 짜증까지 나게 되는 것이다.

기억 또한 보정된 사진 같아서 사실 그 자체보다는 편집과 자기애가 꾸덕꾸덕 뭉쳐 있다. 그래서 인생에서 무언가를 회상할 때는 '상처를 주었다'는 기억보다 '상처를 받았다'는 기억이 압도적으로 많아지는 것 같다.

인터넷에서 '진상', '갑질' 같은 기사와 그 댓글을 볼 때마다 생각한다. 갑질을 당했다는 사람은 차고 넘치는데 어째서 갑질을 했다는 사람은 찾기 힘든 걸까? 나도 그런 적이 있을 텐데, 잊고 싶어서 잊은 거겠지. 기억 보정이란 게 이토록 위험하다.

PART 2

좋게좋게 넘어가지 않아야
좋은 세상이 온다

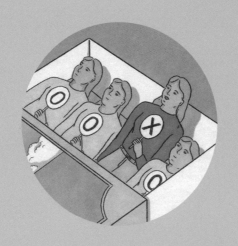

불행하면 남에게
관심이 많아진다

대학 졸업 후 혼자 서울에 올라와 살았다. 단돈 50만 원을 들고 말 그대로 '무작정 상경'을 한 거였다. 서울은 '밑에서 올라온' 사람들에게 따뜻한 곳이 아니었다. 사람들이 물었다. "사투리를 쓰시네요?" 지금이야 "네" 하고 말지만, 당시 위축됐던 나에겐 이렇게 들렸다. '촌스럽고 이상해.'

살던 고시원에서 드라이기로 머리를 말리는데 앞방 여자가 방문을 노크했다. "쉿, 드라이기 쓰지 마세요." 살지 않는 척 살아라, 고시원의 생활 수칙이었다. 중얼중얼 혼잣 말을 하는 날이 늘었다. 누군가와 통화하듯 맞장구를 치기도 하고, 길을 걸을 땐 그날 있었던 이런저런 일들에 대해 중얼거리기도 했다. 극도의 외로움이 가상의 친구를 만들어낸 거다.

우울의 증세는 여러 모습으로 나타났다. 의욕이 사라져 세상에서 사라지고 싶다고 생각하기도 하고, 음식을 산더미처럼 쌓아놓고 꾸역꾸역 먹기도 했다. 또 우울감은 다른 사람에 대한 적대감으로 나타나기도 했다. 자신에 대한 불만족이 타인과 세상에 대한 화로 번진 것이다. 다른 사람의 동기를 비꼬아 생각하는 경향이 강해졌고, 특정인에 대한 분노가 커지기도 했다. 피해의식이 발동해 다른 사람들의 행동과 말을 부정적으로 해석하는 바람에 인간관계에 어려움을 겪기도 했다. 그런 상태가 지속되면서 다른 사람의 슬픔에 공감하지 못하는 경우까지 생겼다. 누군가 힘들다고 하면 '너만 괴롭냐? 나도 괴로워', '겨우 그런 걸로 힘들다고 해?' 하는 마음이 욱하고 드는 것이다. 자신의 힘겨움에 압도되어 남의 상태를 제대로 알아줄 심적 여유가 없다는 증거다.

이런 마음의 감기들을 평소에 잘 살펴야 한다. 그리고 문제가 생겼다는 낌새가 보이거든 잠시 쉬어 가야 한다. 요새 나는 체중을 재듯 주기적으로 내 마음의 상태를 지켜본다. 상태가 나쁠 때 단적으로 나타나는 증상은 자꾸 화가 나고, 별것 아닌 일에 과하게 의미를 부여하게 되는 것이다. 그런 증상이 보이면 일을 좀 줄이면서 사람들과의 커뮤니케이션을 최소화한다. 특히 사람과의 관계에서 오는 스트레스를 직시할 필요가 있다. 우리에겐 보이지 않는 인간관계만 해도 너무나 많다. SNS의 생활화로 언제나 소통하고 있다는 환상이 현대인을 더욱 좌절하게 한다. 페이스북이나 인스타그램에 올라오는 친구의 근황을 보며 질투하고, 수시로 울리는 카카오톡 알람과 채팅방에 매달리는 일상은 너무 얕고 자극적이어서 마음에 병을 불러들이기 쉽다.

내 인생은 롱테이크로 촬영한 무편집본이다. 지루하고 구질구질하게 느껴진다. 반면 다른 사람의 인생은 편집되고 보정된 예고편이다. 그래서 멋져 보이는 것이다. 그걸 이해하지 못하면 세상에서 나 혼자만 힘든 것같이 느껴진다. 결국 피해의식과 자기연민에 가득 차 사람들에게 상처 주고, 이기적으로 행동하게 된다. 그처럼 불행한 사람들은 갑질을 하고서도 갑질인지 모른다. 인정해주는 곳이 없으니 자꾸 "내가 누군지 알아!" 하고 소리친다. 인간관계에서 상대의 감정을 헤아리고 인과관계를 처리하는 회로가 무너진 것이다. 행복한 사람은 자기를 알아달라고 남을 괴롭히지 않는다. 스스로 충만하면 남의 인정을 갈구할 필요가 없으니까.

쓸모없으면 어때

대학 새내기 때 소위 '운동권' 선배들은 툭하면 이런 질문을 하곤 했다. "너는 무엇을 위해 살고 있니?"라거나 "요즘의 네 화두는 뭐니?"라고. 나는 대답하지 못했다. 대답을 했더라도 별 의미는 없었을 것이다. 어차피 질문자의 의도는 답을 듣기 위한 것이 아니고 오답 풀이를 해주는 데 있었으니 말이다. 어쨌거나 나는 부끄러운 마음이 돼서 앞으로는 더 생각을 갖고 살아야겠다는 비장한 마음을 먹고는 했다. 그런데 언젠가부터 그런 질문이 불편해졌다.

대학생 전문 미디어에서 일하기 때문에 대학생을 많이 만난다. 가끔 어떤 친구들은 진지한 표정으로 "저는 왜 살아야 할까요?", "굳이 살아야 하는 이유가 뭘까요?" 하고 묻는다. 취업 준비기에 들어가면 질문의 강도가 한층 더 세진다. 주변 사람들이 취업을 하면 진심으로 축하해줄 수가 없다며 살아야 하는 이유를 묻는다. 이런 심정을 털어놓으며 '취시오패스(취업과 소시오패스를 결합한 말)'가 됐다고 자조하는 모습을 보면 가슴이 먹먹해진다.

대학생들이 이런 질문을 하게 된 건 사람들이 자꾸만 쓸모를 물어보는 데 지쳐서일 것이다. 이력서를 수십 장씩 쓰다 보면 "당신은 왜 우리 회사에 지원했나요?", "당신의 강점과 약점은 무엇인가요?", "인생에서 가장 중요한 경험은 무엇이었나요?" 같은 질문에 대답을 지어내면서 어느 순간 당혹감을 느끼게 된다. 별다를 것도 없던 경험을 굉장한 계기나 되었던 것처럼 포장하다 보면, 대단해 보이는 사람들이 부럽고 스스로가 쓸모없는 사람처럼 느껴지곤 한다.

어떤 존재가 존재의 필요를 자꾸 설명해야 한다면, 그것은 질문자가 이미 무가치한 것으로 결론을 내렸기 때문이다. 전 문화부 장관 유인촌이 한예종 학생들에게 "서사창

작과가 왜 필요한가?"라고 물었을 때, 면접관이 지원자에게 "우리가 당신을 왜 뽑아야 하는지 1분 안에 설명하시오"라고 할 때, 여기에 답을 해야 하는 존재들은 검증받으면 살아야 남겠지만 그럴 확률이 별로 없는 전형적인 을들이다. 이제 나는 그처럼 질문자의 의도가 명확한 물음에는 솔직하게 대답하지 않는다.

대통령에겐 명함이 필요치 않듯 독보적인 상위 수준의 존재일수록 자신을 설명할 필요가 없다. 높은 차원의 존재일수록 심지어 별 쓸모도 없다. 낚시를 좋아하는 사람들은 낚시 특유의 무용함이 취미로서의 가치를 최대한으로 높인다고 말하곤 한다. 누군가에겐 시간과 돈을 낭비하는 것처럼 보이겠지만, 어떤 이에겐 바로 그 점 때문에 높은 가치를 가지는 것이다. 예술대학에 취업률 지표를 넣어서 부실대 판정을 내리는 교과부에 예술대 학생들은 이렇게 말할 수밖에 없다. "이건 예술인데요!" 같은 맥락이다. 왜 사느냐는 질문을 받았을 때도 이렇게 대답할 수 있지 않을까. "그냥, 태어났으니까."

생각해보면 나의 쓸모 있음을 끊임없이 증명하며 살아온 것 같다. "왜 그렇게 쓸데없는 짓을 하냐?" 하는 얘기를 어릴 때부터 많이 들었다. 어릴 때는 '여자지만' 남자보다 못할 게 없다고 부모님을 설득해야 했다. 중·고교 시절 책을 읽고 있으면 선생님은 그럴 시간에 문제집 하나라도 더 풀어야지 뭐하는 짓이냐고 혼냈다. 대학교 때 사회학과에 다니면서는 졸업하면 진로가 어떻게 되느냐는 질문을 주야장천 들었다. 이제는 패기 있게 "아무것도 안 하면 어때?", "쓸모없으면 어때?"라고 대답할 준비를 했더니 사람들이 더는 묻지 않는다.

우리 엄마가 4대 독자인 내 남동생을 낳고 "건강히만 자라라"라고 했던 것처럼, 사는 데 거창한 이유가 필요한 건 아니다. 사회는 무책임하게도 개인에게 존재의 가치를 스스로 증명하라고 떠넘기고 개인은 새파래진 얼굴로 우물쭈물 답을 찾고 있는데, 그러지 않아도 충분하다고 말해주고 싶다. 반대로 생각하면, 별 쓸모가 없는데도 살아 있으니 더 대단한 일 아닌가. 그러니 다른 사람 눈치 보지 말고 자신의 행복을 위해서 살았으면 좋겠다.

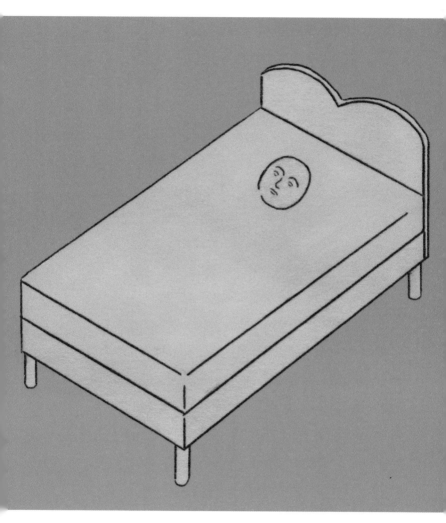

사회는 무책임하게도 개인에게 존재의 가치를 스스로 증명하라고 떠넘기고
개인은 새파래진 얼굴로 우물쭈물 답을 찾고 있는데, 그러지 않아도 충분하다고
말해주고 싶다.

너는 그 사람을 고칠 수 없어

"혹시 주변에 소시오패스나 사이코패스가 있다면 피해야 하나요? 아니면 잘 타일러 변화시킬 수 있을까요?" 범죄 심리 전문 분석가로 경찰대 교수 출신인 표창원 의원이 한 시민에게 이런 질문을 받은 적이 있다. 그는 이렇게 답했다. "빨리 도망치세요. 지금 당장." 표 의원은 단호하게 덧붙였다. "여러분은 절대 고칠 수 없습니다. 빨리 뛰어서 도망쳐야 합니다. 사이코패스인지 아닌지는 전문가가 오래 관찰하고 조사한 후에야 알 수 있는 것이니 함부로 믿거나 판단하지 마시기 바랍니다."

소시오패스나 사이코패스는 극단적인 예지만, "주변에 이러저러한 문제가 있는 사람이 있는데, 제가 그를 어떻게 하면 고칠 수 있을까요?"라는 고민을 많이 들어왔다. 그런 질문에는 한 가지 공통점이 있다. '고칠 수 있는가?'라고 물을 때는 애초에 '(힘들기야 하겠지만) 노력하면 고칠 수 있을 것이다'라는 믿음이 전제돼 있다는 것이다.

무언가 문제가 있던 사람이 주변의 도움으로 '확' 바뀐다는 설정은 그다지 낯설지 않다. 교육 프로그램에서는 밥을 잘 먹지 않거나 집중력이 없거나 욕을 하는 등 문제가 있는 아이들이 전문가의 방문으로 환경이 개선되자 완전히 다른 모습으로 변신하곤 한다. 고민 상담의 주인공이 "앞으로는 달라지겠다"라고 이야기해 박수를 받고, 주변인의 긍정적 인터뷰로 마무리되는 예능 프로그램도 꾸준히 방송된다. 성형과 다이어트를 통해 변신시켜주는 프로그램을 보다가, 그 결과로 주인공 남편의 가정 폭력이 없어졌다는 에피소드를 보고 너무 극적인 전환이라 황당했던 기억도 있다.

그런데 우리가 미디어에서 접하는 변신은 편집되어 조작된 극적인 쇼일 뿐이다. 텔레비전이나 책, 강연 등에서 '바뀌었다'고 하는 사람들이 이후 어떻게 살아가는지 우리는 모른다. 또 실제 변신을 했다 하더라도 말 그대로 '고졸 신화'나 '고시 합격 수기'처럼 성공할 확률이 희박하기에 다룰 가치가 있는 뉴스이기도 하다. 그럼에도 그런 스토리에 계속 노출되다 보니 '사람이 사람을 바꿀 수 있다'는 '계몽 내러티브'는 많은 사람에게 스며들어 갔다.

나는 이 평강공주식 이야기가 평범한 대부분의 인간을 괴롭히고, 심지어 인간관계나 조직문화를 망치기까지 한다고 생각한다. 인간은 강요나 계몽 같은 방식으로는 바뀌지 않는다. 자기 스스로 달라지기로 마음먹고 이전과는 다른 삶을 살기 위해 극도의 노력을 해야만 바뀐다. 대단한 정신력이나 의지가 없는 보통의 사람들은 대부분 잠깐 개선되는 것처럼 보이다가도 예전으로 돌아가는 경우가 대부분이다. 특히 그것이 금연이나 다이어트 수준의 습관을 개선하는 것이 아니라 폭력성이나 우울증, 인격장애처럼 핵심 인격이라면 더더욱 그렇다.

애정과 노력으로 문제가 있는 인간을 바꿀 수 있다는 희망은 아름답고, 때로는 현실에서 일어나는 일이기도 하다. 하지만 동시에 분명한 진실은, 가능성이 매우 낮다는 것이다. 이는 개선을 포기해야 한다는 뜻이 아니라 그것이 그만

큰 어려운 일임을 인정해야 한다는 뜻이다. 그래서 세상은 법과 복지 같은 시스템을 계속 보완하면서 진보해왔다. 개개인의 의지만으로는 어려운 일이기 때문이다. 현실을 뚜렷하게 보려면 어쩔 수 없다는, 적당한 체념이 필요하다. 상황이 원하는 대로 바뀌었을 때의 황금빛 미래만 보려고 하면 현실을 잊어버리게 된다.

이런 기도문이 있다. "제가 할 수 있는 것은 최선을 다하게 해주시고 제가 할 수 없는 것은 체념할 줄 아는 용기를 주시며 이 둘을 구분할 수 있는 지혜를 주소서." 할 수 없는 일에 매달리다 보면 할 수 있는 일도 놓치게 된다. 전문가의 일은 전문가에게 맡기고, 우리는 우리가 감당할 수 있는 일을 하자. 시간은 가치 있는 데에만 쓰기에도 부족하고 나는 행복할 권리가 있으니까.

모르니까,
쉽게 비난하거나
무시하지 않는 것

　　　　　　　　　'이번엔 제발 괜찮은 기사님을
만났으면 좋겠다.' 택시를 탈 때마다 긴장하며 하는 생각이
다. 우리 아버지도 버스 운전을 20년 넘게 했기 때문에 운
전하는 일이 얼마나 고된지 알고 있다. 하지만 그걸 안다고
해서 내가 받는 스트레스가 줄어드는 것은 아니다. 최대한
이해하려 하지만 탈 때마다 높은 확률로 불친절한 기사님
을 만나게 되니 쿵쿵 뛰는 심장을 주체하기 어렵다. 편리하
기 위해 서비스를 제공받는 것인데 불편한 마음으로 비용
을 지불하게 된다. 불친절한 기사님 중에는 자꾸 정치적인

이슈를 꺼내 논쟁하려는 사람, 화난 듯 말하는 사람, 난폭 운전을 하는 사람, 사적인 이야기를 캐묻는 사람 등이 있는데 어느 쪽이든 대처하기가 쉽지 않다.

그런 기억들이 누적되던 차에 사람들과 택시를 탄 경험에 대해 이야기를 나누었다. 여자들은 대부분 공감하면서 자신들도 택시를 탔을 때 편치 않은 경험이 많았다고 했다. 재미있는 건 남자들과 대화할 때였다. 대부분은 택시를 탔을 때 불쾌한 경험을 한 경우가 거의 없다며 신기해했다. "택시 타는 데 불편할 일이 뭐가 있죠?"(일일이 열거할 수 없을 정도로 많은데요.) "보통 타자마자 목적지를 외치고 잠들지 않나?"(여자들은 혼자 택시를 탔을 때 잠들지 않는데요. 특히 밤에는 더더욱!)

내 남동생은 분노조절장애를 겪는 사람을 치유해주는 능력을 갖고 있다. 의학적 능력이 있다는 게 아니라, 키 180센티미터에 몸무게가 100킬로그램에 육박하는 체격 덕분이다. 경상도 출신이라 원래 말투가 퉁명스럽기까지 하다 보니 그냥 궁금해서 한 질문에도 간곡한 사과를 받아내곤 한다. 딱히 그럴 생각까진 아니었는데 환불도 자주 받는다. 이런 이들은 기본적으로 세상 사람들이 다 친절하다고 생각한다. 가끔 남동생과 이야기하다 보면 같은 나라에 같은 종으로 사는 게 맞는지 혼란스러울 때가 있다.

남동생과 이야기할 때만큼이나 택시에 대한 서로의 경험치가 너무 달라 놀라웠다. 이야기를 하다 보니 택시와 관련해 불쾌한 경험이 없는 사람 중에는 두 종류의 반응이 있었다. 하나는 "나는 그런 적이 별로 없지만 그럴 수도 있겠구나" 하면서 그저 들어주는 유형이었다. 잘 모르지만, 잘 모르니까 이해해보려 노력하는 사람이다. 반면 또 다른 유형은 이런 말로 내 입을 다물게 했다. "에이, 그럴 리가. 네가 예민한 거 아니야?" "어쩌다 이상한 사람만 만난 거겠지. 그런 사람이 어디 있어?"

나는 조용히 하나의 풍경을 떠올렸다. 난생처음 해외여행을 갔을 때 일이다. 대학 때 처음으로 영국에 가서 한 달 가까이 머물렀는데, 그때 본 풍경 중 신기한 것이 있었다. 버스나 지하철을 타거나 길을 걸을 때, 카페에서 차를 마실 때 장애인들과 자주 마주치게 된다는 것이었다. 한국에서는 일상에서 휠체어를 타거나 목발을 한 사람들을 그렇게 많이 보지 못했다. 처음에는 이렇게 생각했다. "영국에는 장애인이 엄청 많은가 보네? 한국은 그렇지 않은데…." 하지만 진실을 알게 된 건 그로부터 시간이 많이 흐른 뒤였다. 영국에 유독 장애인이 많은 것이 아니라, 한국에선 장애인이 집 밖으로 나오는 것 자체가 힘들다는 것 말이다.

최근 한국의 가장 큰 사회적 이슈는 젠더 문제다. 1990년대에 태어난 여자들은 그 윗세대와 달리 남녀가 평등하다는 교육을 받으며 자랐다. 초등학교 때부터 여자도 반장이 되는 것을 보며 컸다. 그런데 20대가 되면 교육받은 것과 현실이 다르다는 것을 실감하고 당황하게 된다. 명절에는 엄마 혼자 부엌에서 일한다는 것을 새삼 알게 되고, 성차별적인 모습을 일상에서 종종 만난다. 성희롱이나 데이트 폭력을 당한 여성을 주변에서 찾아보는 것도 어려운 일이 아니다. 특히 '강남역 화장실 살인사건'은 이들에게 큰 충격을 주었다. 이들은 한국에서 여성으로 사는 것이 얼마나 힘든지를 토로한다.

문제는 이처럼 여성으로서 느끼는 실질적인 공포나 두려움을 이야기했을 때, "나는 잘 모르지만 그럴 수 있었겠다"라고 공감하는 것이 아니라 "네가 예민한 거다", "너만 힘든 게 아니다. 다들 힘든 건 똑같다", "내 주변에는 그런 일 없다"며 무시해버린다는 거다. 내가 겪지는 않았더라도 누군가에겐 지금 일어난 현실인데, 잘 모른다는 이유로 허무맹랑한 이야기로 취급해버리는 경우가 너무 많다. 이런 대접을 받은 사람들은 자신들의 목소리를 키우기 위해 더 거칠고 센 방식으로 분노를 표출하게 된다.

아이들은 자기가 보는 세상이 전부라고 생각한다. 다른 사람의 처지를 상상할 수 없기에 처음 본 그 상태를 고유한 것으로 받아들인다. 자기와 타자가 분리되지 않아 자기중심적으로만 세상을 보는 것이다. 어른인 사람은 처음부터 어른이라고 생각하기에 할머니가 엄마의 엄마라고 하면 놀라기도 한다. 어른의 시각으로 보면 '패드립'인 말도 많이 한다. "선생님도 엄마 아빠가 있어요?" 하고 놀라기도 하고, "선생님은 남편이랑 남자 친구랑 같이 살아요?" 하고 해맑게 묻기도 한다. 술래잡기를 할 때도 자기가 보이지 않으면 다른 사람들도 그렇다고 생각해 몸을 숨기는 것이 아니라 손으로 눈만 가리고 멀뚱히 서 있다.

그러니 모르는 일을 없는 일처럼 대하는 건 얼마나 아이처럼 유치하고 좁은 행동인가. 사람에 대한 상상력이 없으면 다른 사람을 쉽게 미워하게 되고, 윽박지르게 되고, 잘못부터 따지게 된다. 세상에는 수많은 사람이 다양한 입장과 이해관계 속에서 살아가고 있다. 느끼는 것이 저마다 다를 수밖에 없다. 꼭 자신이 직접 경험해봐야만 알 수 있는 것은 아니다. 다른 사람들의 입장으로 살아볼 순 없지만, 상대를 이해해보기 위해서 상상력을 동원하고 공감 능력을 발휘할 순 있다. 상상력이 곧 타인에 대한 사랑이기도 하다는 말은 그런 뜻이다. 책을 읽는 등의 예술 활동을 하는 것도 실은 그런 고차원의 능력을 키우기 위해서가 아닌가.

　나는 여자로만 살아봐서 남자로 살아가는 일의 고충을 잘 모른다. 그래서 군대 이야기가 나오면 그냥 듣기만 한다. 다 듣고 나서 "그렇구나. 힘들었겠다"라고 할 뿐이다. 군대에 가보지 않은 내가 무슨 말을 더 할 수 있겠는가. 그런데 신기한 것은 이 정도 반응에도 남자들은 감동을 받는다는 것이다. 잘 모르니까, 모른다고 인정하는 것. 모르니까, 쉽게 비난하거나 무시하지 않는 것. 내가 모르는 너의 이야기를 더 들어보고 싶다고 말하는 것. 그런 역지사지를 꾸준히 해나가야 우리는 서로를 미워하지 않고 대화할 수 있다. 번거롭고 어렵지만 노력하고 싶다. 그리고 다른 사람들도 나를 그렇게 대해주면 좋겠다.

혼자를 기르는 법

　　다음 웹툰 〈혼자를 기르는 법〉
을 보다 보면, 전부터 알았던 것처럼 김정연 작가가 친근하
게 느껴진다. 지방에서 서울로 올라와 독립한 20~30대 여
성이라면 그녀가 그리는 일상에 많은 부분 공감할 것이다.
〈혼자를 기르는 법〉은 안동에서 서울 청파동으로 와 살고
있는 20대 여성 '이시다'의 삶을 그린다. 시다는 인테리어
회사에 다니며 상자 안에 햄스터를 넣어 키운다. 시다의 거
주 환경은 종종 햄스터와 비교되어 보이기도 한다.
　시다의 이름은 '~이시다'라고 할 때의 그 종결형 어미

다. 높임을 받는 자로서의 인생을 목표로 지어진 것이지만, 실제 모습은 '시다바리' 할 때의 그 '시다'로 최하 계층의 인간에 가깝다. 만화는 시다라는 이름에 담긴 기대와 실제처럼, 이상과 현실의 격차에서 오는 쓸쓸함과 소외감을 그려낸다.

시다는 인테리어 회사에 다닐 정도로 공간에 대한 지식과 관심이 많은 사람이지만, 실제로 그가 택할 수 있는 취향은 철저히 제한되어 있다. 취향은 킨포크인데 현실은 다이소인 셈이다. 포스트잇처럼 자신이 존재했던 흔적을 남기지 않는 것만 허락되는 것이다. 구매의 기준이 가성비로만 결정되는 임시의 삶에서는 자기가 사는 집에 못 하나 마음대로 박을 수 없다.

다이소에서 그나마 덜 별로인 걸 찾아내는 것 말고, 가격 먼저 본 뒤 디자인이나 재질 살펴보는 것 말고, 인터넷에서 '낮은 가격순으로 보기'를 옵션으로 설정해놓고 검색하는 것 말고 진짜 마음에 드는 무언가를 가져보고 싶었다. 돈이 없었으므로 내 마음에 들지 않는 것을 입고 들고 써야만 했다. 그것들은 내가 골랐으되 내 선택이 아니었는데, 사람들은 내 모습을 보고 내 취향을 다 안다는 듯 말했다.

"이것 좀 촌스럽지 않아?"

패션지를 읽다 보면 자신의 높은 안목을 내세우며 독자의 취향을 웃음거리로 만들고 훈계하는 톤의 칼럼을 종종 접한다. 그것이 잡지의 생리라는 걸 알면서도 그런 문장은 아직도 마음 깊은 곳을 찌른다. 하지만 그런 식의 비난이 적절한가? 많은 취향이 우리가 주체적으로 선택한 것 같지만 사실 타협의 결과일 뿐이지 않은가? 안목이란 자본과 충분한 시간이 갖추어졌을 때, 실패해도 괜찮은 여유가 있을 때 생겨나는 것이다. 그런 글 앞에서는 "아름다운 것이 아름다운 줄 몰라서 후진 취향을 가진 게 아니라고요!" 하고 항변하고 싶어진다.

〈혼자를 기르는 법〉에서 햄스터와 자신의 모습을 비교하는 시다를 볼 때마다 나도 모르게 울컥한다. 낮은 최저시급과 취업난, 미친 물가와 부동산의 나라. 결혼과 출산마저 포기를 종용받는 이곳에서 청년들이 더 나은 삶을 위한 옵션을 보장받는 일은 요원해 보인다. 계급의 사다리를 걷어차 놓고 "지금 네 취향은 별로구나. 더 나은 선택지가 있단다"라고 하는 것은 기만이다.

나였던, 그리고 나와 닮은 수많은 시다를 생각한다. 기침 소리가 들릴 정도로 다닥다닥 붙어 살던 고시원, 그곳에서 만났던 '시다'들도 떠오른다. 포기부터 익숙해지지 않는 것, 더 나은 미래를 꿈꾸길 멈추지 않는 것. 그걸 원했을 뿐인데. 사실 우리가 그렇게 많은 걸 바란 것도 아니었는데.

공감 능력이 부족한 사람은
주변을 병들게 한다

　　　　　　　　공감이란 상상력을 발휘해 다
른 사람의 처지에 서보고, 그 사람의 느낌과 관점을 이해하
는 것이다. 이 능력은 인간이 타고난 소중한 재능 중 하나
다. 타인의 감정을 느끼지 못하는 사이코패스 같은 사람은
전 인류 중 많아야 2퍼센트 정도에 지나지 않는다는 연구
결과도 있다. 나머지 대부분은 천성적으로 공감 능력이 있
고 이를 통해 사회적 연대를 맺을 수 있다는 것이다. 그런
데 이상하지 않은가? 체감하기로는 2퍼센트를 훨씬 넘는
것 같다. 쿨한 것을 좋아하는 이 사회가 후천적 공감 능력

결핍자들을 양산하고 있는 게 아닌지 의심스럽다.

　나는 공감 능력이 부족한 사람은 사적으로 만나지 않는다. 그들이 주변을 병들게 한다는 것을 알기 때문이다. 공감 능력이 부족한 사람은 다른 사람에게 아무렇지 않게 피해를 준다. 딱히 악의가 있는 것은 아닌데도 결과적으로 그렇게 된다. 다른 사람들을 자신과 같은 인격체로 여기지 않고 의사 결정을 하기 때문이다. 문제가 발생해 비판을 받으면 상대 쪽으로 튕겨내 버리는 데에도 능하다. 공감 능력이 부족한 사람과 오래 관계를 맺으면, 그렇지 않았던 사람도 정서적으로 불안해지며 자존감이 급격히 낮아진다.

　가장 큰 불행은 이들을 부모로 두었거나 직장 상사, 사회 지도층으로 만났을 때 생긴다. 공감 능력이 부족한 사람은 자신의 행위가 타인에게 미치는 영향을 잘 이해하지 못하기 때문에 자신이 원하는 결과를 위해 거리낌없이 남을 희생시킬 수 있다. 이들은 얼핏 냉철하며 원칙적이어서 이상적인 사람으로 보이기도 하지만, 그에게 타인은 숫자나 수단으로만 존재할 뿐이다. 이런 이를 상하 관계로 만나게 되면, 정서적으로 학대를 당하면서도 개인이 중단시키기는 어렵다.

일상의 관계에서도 표현의 자유와 공감 능력의 부재로 인한 폭력을 엄격히 구분해야 한다. 연예인이 대중매체에서 어린 시절 왕따를 시켰다거나 무언가가 필요해 훔쳤다는 식의 이야기를 인터뷰나 노래 가사로 아무렇지도 않게 표현하는 경우가 있다. 이를 한때의 치기 어린 영웅담처럼 묘사하는 것을 볼 때마다 아슬아슬하다. 세상에 마이크는 한정되어 있는데, 그런 사람들이 볼륨을 자꾸 높이면 약자의 목소리는 들리지 않게 된다.

인터넷의 글을 볼 때도 비슷한 경우를 자주 접한다. 삶과 인간관계의 폭이 작고 온라인에서의 커뮤니케이션에만 익숙해지면 인간 군상을 자꾸 뭉뚱그려서 정의하게 된다. 그러다 보면 학생은 '급식충'이고, 엄마들은 '맘충'이며, 노인들은 '틀딱충'이 돼버리는 것이다. 그렇게 구분지어 조롱하는 것은 세상에 아무 도움도 되지 않는다. 세월호 유족들이 단식투쟁을 하고 있을 때 커뮤니티 일베에서 광화문으로 출동하여 피자와 치킨을 먹으며 '폭식투쟁'을 한 것은 인간성에 대해 궁극적으로 회의하게 한 사건이었다. 인간의 기본적인 윤리조차 저버린 일을 두고 어떻게 보수와 진보의 문제나 표현의 자유로 설명할 수 있는가? 세월호라는 공동의 기억을 통해 우리는 모두 그 이전과는 조금씩 달라져버렸다. 사람이 꽃보다 아름다운 것 같지도 않고 세상은 나쁜 일로 가득 차 있음을 새삼 실감하게 됐다. 하지만 그래도 세상에 희망이 있다면 인간을 인간답게 하는 공감의 마음이 있어서일 것이다. 그리고 이것이 인간이 타고난 것 중 가장 위대한 능력인 이유는 '내가 해봐서 아는데'가 아니라 '나는 잘 모르지만 그럴 수도 있겠다' 하는 고차원의 상상력 덕분일 것이다. 끝내 이해하지 못하더라도 노력하는 마음, 개개인의 사연을 살피려 하는 시스템 같은 것들이 우리를 조금이나마 앞으로 나아가게 한다.

인정받기 위해
무리할 필요 없어

키는 보통 60센티미터, 꼬리 길이는 약 50센티미터, 몸무게는 5킬로그램을 넘지 않는다. 머리는 동그랗고 귀는 삼각형 모양으로 쫑긋 서 있다. 눈썹과 볼에는 하얀 털이 났고 눈 밑에는 세로로 붉은 무늬가 있어 깜찍함을 더한다. 배와 다리는 윤기 흐르는 검은 빛이다. 너구리와 강아지를 섞은 것처럼 생긴 이 동물의 이름은 '레서판다'다.

레서판다는 객관적으로 귀엽게 생겼다. 〈쿵푸팬더〉에 나오는 사부의 모습이 바로 이 레서판다를 모델로 한 것이다.

생김새도 하는 짓도 모두 '귀엽다'는 반응을 얻었다. 나 또한 그렇게 생각했고 그게 전부였다. 그런데 반전이 있다.

"외모가 귀여워서 레서판다를 기르고 싶어 하는 사람이 많지만, 사람을 좋아하지도 않고 성격이 과격하기 때문에 애완동물로 키울 수는 없어요."

레서판다를 담당한 많은 사육사가 공통으로 하는 말이다. 그저 귀여운 외모를 가진 귀여운 동물이라고 생각할 때는 별다른 매력을 느끼지 못했는데 반전의 면모를 알게 되자 특별한 캐릭터로 다가왔다. 어린 왕자가 장미를 좋아한 것처럼 잘 모르면 비슷하고 흔한 것들 중 하나일 뿐이지만, 알게 되면 그 대상은 유일한 하나가 된다.

우리가 사랑에 빠지는 과정도 결국은 상대의 '의외성'을 발견하는 데 성공했기 때문이 아닐까? 사람이 누군가를 사랑한다는 건 다른 사람이 보지 못하거나 대수롭지 않게 여기는 지점을 유심히 보고, 거기서 특별함을 찾아내는 일이다. 취미나 말버릇, 취향 같은 것에서 자신과의 공통점을 찾아내 그 위에서 조금씩 서로의 색을 덧입히는 커스터마이징 같은 것이기도 하다. 이별하고 슬퍼하는 사람 앞에서 "세상에 남자(여자)는 많아"라고 하는 말이 위로가 되지 않는 게 그 때문이다.

또한 우리에게는 모두 단점이 있으며 빈틈과 약함, 예측 불가한 모습들이 있다. 많은 욕망과 여러 관계 속에서 다양한 모습으로 살아가고 있다. 사람들은 다른 사람들이 자신에게 기대하는 모습이나 외부의 조건에 맞추어 그에 맞는 모습만을 보여주려고 노력하지만, 인간은 그보다 한 차원 더 높은 입체적 존재다.

소설가 김훈이 "기자를 보면 기자 같고 형사를 보면 형사 같고 검사를 보면 검사 같은 자들은 노동 때문에 망가진 것이다. 뭘 해먹고 사는지 감이 안 와야 그 인간이 온전한 인간이다"라고 했는데, 나는 이 말을 아주 좋아한다. 다른 사람에게 인정받기 위해 일관된 모습을 연기할 필요는 없다. 나만의 독창적인 캐릭터는 의외의 모습들이 모여 완성된다. 저 흉포하면서도 사랑스러운 레서판다처럼.

취향 존중 부탁합니다

'취향 나치'라는 표현이 있다. 상대의 취향이 자신의 의견과 생각에 어긋난다고 판단하면 곧바로 공격하는 사람을 일컫는 말이다. 이 과격한 표현을 듣고 떠오른 풍경이 있다.

지금은 같은 회사에 다니지 않는 선배가 내게 물었다. "어떤 작가 좋아해요?" 떠오르는 사람들을 이야기했다. "김○○, 김○○, 이○○요." 선배가 말했다. "문정 씨 취향 알 만하네요." 다음 달, 선배가 낸 기획서에는 이렇게 적혀 있었다. "이 콘텐츠는 김○○와 김○○ 읽고, 기껏해야 이

○○ 읽는 사람들을 계몽하는 게 목적입니다."

취향을 통한 부르디외의 문화자본이나 구별짓기 같은 이론을 설명할 것도 없이 이미 우리는 알고 있다. 취향은 대개 당사자의 경제적 수준과 성장 환경까지 예측하게 한다는 걸. 취향은 그가 속한 계층에 따라 자연스럽게 형성되기 때문이다. 골프가 취미인 50대와 등산이 취미인 50대는 다르며, 아이돌 음악을 듣는 20대와 재즈를 듣는 20대는 다르다.

또 취향은 우리가 되고 싶어 하는 이상향이기도 하다. 멋진 친구를 따라 하고, 좋아하는 연예인의 사고방식이나 말투를 흉내 내기도 하면서 우리는 어른이 된다. 하루키를 좋아해 그처럼 일상적으로 달리고 맥주를 즐겨 마시는 사람들을 나는 많이 봐왔다.

취향은 집단의 생활양식이 되기도 한다. 1990년대 한국인의 국민취미는 '음악 감상'과 '독서'였다. 인기 가수의 음반이 백만 장씩 팔리고 집에 전집 하나쯤 갖추는 게 일반적이던 때였다. 그때 나는 매일 책을 읽었는데, 모두들 취미를 독서라고 하니 나도 독서를 좋아한다는 말을 하기가 부끄러웠다. 남들이 나를 별 볼 일 없는 사람으로 볼까 봐 두려워서.

요즘은 국민취미가 영화 감상, 유튜브 감상 또는 게임, 여행 정도인 것 같다. 그래서 나는 여행작가를 만나면 이 사람은 여행이 취미라 하기 민망하겠구나 생각하며 속으로 웃곤 한다. 전엔 "저 책 안 좋아해요"라고 말하는 사람이 없더니 요즘은 "저 여행 안 좋아해요"라고 말하는 사람이 드물다.

취향이 자신을 끊임없이 부정하고 단지 남들에게 인정받기 위한 것일 뿐이라면, 일기를 검사받는 것과 뭐가 다를까. 내가 정말 좋다고 생각하는 것에 대해서 솔직하게 표현하고 남들의 취향에 대해서도 무시하지 않아야 세상은 여러 색으로 다양해질 수 있을 것이다. 그러니 서로 '취존(취향 존중)'부터!

시니컬해지지만 않으면
망해도 망하지 않아

시니컬한 사람들이 있다. 시니컬함은 단순히 부정적인 감정이 아니라, 이 세계에서 중요하거나 좋은 일은 일어나지 않는다고 인식하는 데서 시작한다. "해봤자 안 되더라. 그러니 앞으로도 바뀌지 않을 거야"라고 말하는 것이 시니컬한 사고의 기본 구조다. 외향성이나 내향성처럼 타고나는 경향이 강한 성격과 달리, 시니컬은 경험을 통해 학습되고 강화된다. 날 때부터 시니컬한 사람은 없다. 시니컬은 '혹시나'가 '역시나'가 됐던 기억들, 기대했던 일에 연달아 실패했을 때 자신을 보호하기 위한 방어기제다.

유년 시절, 어른들 또는 어른들이 보여주는 책은 모두 이런 말들을 했다. "노력은 배신하지 않는다." "정의가 승리한다." "직업에는 귀천이 없으며 사람은 모두 평등하다." "가난은 불편한 것이지 부끄러운 것이 아니다." 학교에서도 바른생활, 도덕, 윤리 같은 과목을 통해 공공의 의무와 책임, 법과 공중도덕을 배운다. 그러나 아이들은 성장하면서 하나씩 깨닫는다. 노력은 (심지어 자주) 우리를 배신하며, 세상은 불합리와 불의로 가득하다는 것. 추한 것들과 이해되지 않는 사람들이 그 반대보다 많으며, 가난은 불편함과 동시에 부끄러운 일이기도 하다는 것.

학교에서 배운 세상과 현실 세상의 괴리를 깨닫는 과정에서 사람들은 마음에 깊은 상처를 입는다. 더는 상처받지 않는 방법은 더는 기대하지 않는 것이다. 시니컬해지는 것은 "안 될 거야"라고 말하는 것일 뿐 아니라 다른 사람들이 아등바등하는 모습과 결국 실패하는 모습을 보면서 "거봐, 내가 그럴 거라고 했지"라고 예언하는 것이다. 그래서 때로는 세상 물정 잘 아는 현명한 사람처럼 보이기도 한다.

주변을 둘러보면 시니컬해지기에 너무나 유리한 환경이

다. 연애, 취업, 결혼은 인생의 자연스러운 절차가 아니라 간절히 바라고 노력해야 하는 꿈이 됐다. 모든 것을 포기한 다는 뜻의 N포세대를 비롯하여 헬조선, 흙수저, 갑질 등의 부조리한 말들은 이제 식상하기까지 하다. 청년 대다수는 대학 졸업 후 비정규직이 되거나 물가에 비해 턱없이 낮은 임금을 받게 된다. 좋은 일자리는 극소수에게만 돌아가며, 그조차도 앞으로는 더욱 줄어들 것이 자명하다. 노력한 만큼 보상을 받고 앞으로 세상이 좋아질 것이라는 긍정적 기대를 가질 수 있었던 건 부모님 세대가 마지막이었다.

이처럼 세상이 마음에 들지 않는 것은 당연한 일이지만 그에 대한 반응이 염세로 빠져버리면 더욱 나빠질 일만 남는다. 말이 통하지 않는다고 생각하는 사람과는 아예 대화를 하지 않게 되듯, 변화에 대한 희망이 없으면 세상에 대한 어떠한 액션도 취하지 않게 되므로. 집을 오래 비워두면 집은 그 상태가 유지되는 것이 아니라 먼지가 쌓이고 이곳저곳 망가져 간다. 매일 쓸고 닦아도 청소한 티가 나지 않는 것 같지만, 그 덕에 최소한 더 나빠지지는 않는 것이다.

분노하고 불만을 이야기하면서 우리가 살고 싶은 세상에 대해 이야기하기를 멈추지 말자. 어릴 때 배웠던 것만큼 아름답지만은 않은 세상이지만 '그래도 혹시'의 마음만은 잃어버리지 않도록. 최선이 없다면 차선을, 차선이 없다면 차악이라도 선택해야 한다는 절실함만이 최악을 막아준다.

지금 우리가 살고 있는 세상은 반인종차별주의자, 반전주의자, 페미니스트 등 과거의 이상주의자들이 간절히 꿈꿨던 세상이기도 하다. 세상을 무조건 긍정하자는 것이 아니다. 시니컬해지지 말자는 건, 철저하게 지금 내가 서 있는 곳으로 돌아와서 용기 있게 현실을 직시하자는 뜻이다. 그러면 최소한, 세상을 바꾸진 못하더라도 내 인생과 내 주변은 뭐라도 달라지지 않을까?

분노하고 불만을 이야기하면서 우리가 살고 싶은 세상에 대해 이야기하기를
멈추지 말자.

좋게좋게 넘어가지 않아야
좋은 세상이 온다

장교이던 남자를 사귄 적이 있다. 군인 신분이지만 출퇴근을 하기에 자주 볼 수 있어서 좋았다. 연애 초기에는 보고 또 봐도 보고 싶으니까 평일 저녁에도 약속을 잡곤 했다. 그런데 들뜬 마음으로 기다리고 있으면 그가 미안하다며 약속을 취소하는 날이 잦아졌다. 그럴 때 사유는 딱 하나였다. '윗분 지시'가 내려왔다는 것이다. 설명해주는 상황들이 나로선 이해가 안 되는 경우가 많아 묻곤 했다. "그걸 꼭 퇴근 시간 후에 해야 하는 거야? 일을 왜 그렇게 비효율적으로 하지?" 그러자 남자 친구는 군대에선 그런 질문을 하는 게 아니라며 이렇게 말했다. "군대에는 바깥세상과 달리 없는 게 세 개 있어. 합리성, 효율성 그리고 인권."

2017년 8월, '노예 공관병'이 사람들의 분노를 불러일으켰다. 육군 대장 부부가 공관병들에게 상상을 뛰어넘는가혹 행위를 해 병사가 자살 시도까지 한 것이다. 부부가 데리고 있던 공관병들은 24시간 전자팔찌를 착용해 불려 다녔고 일과 후 자유시간도 없었다. 말을 듣지 않으면 영창을 보낸다고 협박하고, 썩은 과일이나 뜨거운 부침개를 얼굴에 집어 던지기도 했다고 한다. 전역 공관병 A 씨는 인터뷰에서 "병사들을 하인 부리듯 했던 게 가장 힘들었다"라고 말했다.

해당 기사가 보도되자, 비슷한 일을 겪었다는 증언들이 쏟아졌다. 명문대에 다니는 이를 차출해 장군 자녀들의 개인 과외 교사로 쓰고, 텃밭을 관리하게 했으며, 폭언과 폭행까지 일삼았다고 한다. 현대판 '사노비' 수준이다. 육군 규정에 공관병은 장관급 지휘관의 승인하에 시설관리, 지휘통제실 연락, 식사 준비 등 공적 임무만 가능하다고 되어 있다. 명백한 규정 위반이다.

내가 일하는 미디어에서 이와 관련한 콘텐츠를 제작하고 싶어 전역한 지 얼마 안 된 대학생들을 섭외했다. 첫 질문은 이것이었다. "당신은 군대에서 갑질을 당한 적이 있나요?" 기다렸다는 듯이 경험담이 나오리라고 기대했지만, 처음에는 다들 이런 반응을 보였다. "군대에서 갑질이요? 잘 생각이 안 나는데…." "갑질이라고 할 것까진 없었던 것 같아요." 이번 노예 공관병처럼 부당한 대우를 당한 적이 없었느냐고 다시 묻자, 그들은 한참 생각한 후 이렇게 말했다. "생각해보니 있었어요. 근데 그게 갑질이라고는 생각을 안 했어요. 왜냐면 군대에선 그게 너무 당연하니까. 이제 생각해보니 갑질이네요." 노예 공관병 기사의 댓글 상당수가 '터질 것이 터졌다', '나도 비슷한 일(더 심한 일)을 당했다'였다.

문제는 늘 있었다. 그걸 문제시하지 않았을 뿐이다. 나는 이번 노예 공관병 문제에서 세상이 진보한다는 희망을 봤다. 상명하복의 군 기강을 사적으로 남용하면 안 된다는 것, 군인에게도 인권이 있고 그것을 존중해야 한다는 것. 이 당연한 이치가 그동안 '군대는 원래 그런 곳'이라는 말로 무시되어왔다. 하지만 원래 그런 건 어디에도 없다. "아무리 그래도 이건 아니잖아?" 하고 누군가 목소리를 낼 때 세상은 서서히 변하기 시작한다. "다들 그렇게 살아", "좋은 게 좋은 거지" 같은 말은 그만하고, 비상식적인 관행 앞에서 눈을 감지 않겠다고 다짐할 때 세상은 진짜로 좋아진다. 2017년 10월, 국방부는 공관병 제도를 폐지했다. 제도가 생긴 지 60년 만의 일이다.

PART 3

자기 표현의 근육을
키우는 법

인생 자체는 긍정적으로,
개소리에는 단호하게!

"너랑 나랑 2인실을 쓰면 돼. 물론 침대는 따로 쓰고." 런던에서 출발한 버스가 스코틀랜드 에든버러에 도착하기 직전, 일행이던 남자가 말했다. 숙소는 어디냐는 질문에 그가 한 대답이었다. '이게 무슨 개소리야?'

대학 때 간 첫 해외 여행지는 런던이었다. 꼭 한 번은 해외로 나가보고 싶어 돈을 모았지만 한 시간에 3,500원짜리 아르바이트로는 생활비 대기에도 빠듯했다. 좌절하던 차에 어학연수 중인 선배 언니가 런던에 오면 재워주겠다고 제안했다. 숙박비만 줄어도 그게 어딘가. '빈말이었으면 어떡하지? 너무 실례가 아닐까?' 하는 생각을 안 한 건 아니지만 애써 무시했다. 염치나 예의처럼, 인격 중 좋은 것들은 대부분 지갑에서 나오는 것 같다.

대학교 3학년 여름방학 때, 특가로 비행기 왕복 티켓을 사고 남은 100만 원 정도를 들고 런던으로 떠났다. 스콘으로만 끼니를 때워도, 무료 미술관 위주로만 돌아다녀도 행복했다. 선배 언니의 옆방에 유학 중인 한국인 남성이 살고 있었는데 덩치가 커서인지 조금만 움직여도 땀을 뻘뻘 흘렸다. 그가 런던 외에는 어딜 가려는지 묻기에, 2주 후 열리는 스코틀랜드 에든버러 페스티벌에 가려고 한다고 했다. 그랬더니 그는 자기도 거기 갈 생각이었다며 반색했다. 하는 김에 버스와 숙소를 같이 예약하겠다며 정산은 그 후에 하자기에 고맙다고 했다. 그렇게 떠난 버스 안에서 그가 그렇게 말한 것이다. 미리 말했으면 내가 따로 숙소를 예약했을 거라고 항의하자 그는 침대를 따로 쓰는데 뭐가 문제냐는 거였다. 영국 여자였다면 별로 개의치 않았을 거라며 나를 꽉 막히고 예민한 여자 취급을 했다.

지금 같았으면 쌍욕을 해줬을 텐데, 그땐 "그냥 여기서 헤어지죠"라고만 하고 돌아섰다. 버스에서 내리자마자 숙소를 구하러 갔다. 극성수기라 빈방이 없었다. 열 군데 넘게 돌았지만 허사였다. '어쩐지 일이 잘 풀린다 했는데, 내가 그럼 그렇지. 대구 촌년이 외국 구경 한 번 하겠다고 주제넘게 설친 대가구나.' 울면서 길을 걸었다. 하지만 여기까지 와서 울고만 있을 수는 없다.

일단 행사장으로 가 프린지 공연을 보고 에든버러성을 구경한 다음 저녁이 되자 역으로 향했다. 노숙을 할 생각이었다. 밤새 읽으려고 가져온 책을 꺼내는데 여성 둘이 다가와 말을 걸었다. "저기, 한국인이시죠?" 내가 들고 있는 책을 보고 한국인인 걸 알았다며 길을 묻기에 답해주었다. 두 사람은 고맙다고 인사하고 내 숙소는 어디냐고 물었다. 1박 2일로 온 건데 숙소 예약에 문제가 생겨 오늘 밤은 역에 있을 거라고 했더니 놀라운 제안을 했다. 자기들이 묵는 숙소가 3인실인데 침대 하나가 비어 있다고, 공짜로 재워줄 테니 가자는 거였다. 말도 안 돼! 내게 이런 행운이 올 리 없어. 분수에 맞지 않는 해외여행을 왔다가 지금 이 꼴이고, 원래 좀 재수가 없고…. 하지만 지금보다 더 나빠질 수가 있나?

고민 끝에 따라간 숙소는 넓고 깨끗했다. 땀에 범벅된 몸을 씻고 나오니 언니들이 와인과 치즈를 꺼내주었다. 둘 다 30대 초반으로 서울에서 광고회사에 다니고 있으며, 휴가를 받아 여행 왔다고 했다. 그날 처음 본 사람들에게 가족들에게도 못 해본 이야기를 했다. 역에서 혼자 자려고 했던 이유부터 시작해서 원래가 불행에 익숙하다는 것, 자존심은 센데 자격지심도 있어서 인간관계에서 어려움을 겪고 있다는 것, 대학을 졸업하면 글 쓰며 살고 싶은데 아마 안 될 것 같다는 이야기 등을 두서없이 했다.

언니들이 해준 이야기는 완벽했다. 20대 초반 대학생에게 30대 초반의 직장인 여성은 대단한 어른이다. 그 시기에 듣고 싶었던 말을 어른들에게 넘치게 들은 밤이었다. "너는 지금 용기 있는 여행을 하고 있어", "대단하다", "넌 할 수 있을 거야" 같이 포근한 격려들. 그때 내 안에 불씨 같은 것이 피어나는 걸 느꼈다. 그날 밤엔 설레서 잠이 안 왔다. 아침이 됐다. 한국에선 눈치 보여서 카디건 없이는 못 입던 민소매 원피스를 입었다. 언니들 전화번호를 적은 메모지를 가방에 넣고 숙소를 나섰다. '언니들 말이 맞았다는 걸 보여줘야지.' 한국에선 한 번도 못 해본 생각도 했다.

'나 어쩌면 운 좋은 사람인 것 같아.'

만약 그때 버스에서 거절하기가 어려워 애써 '괜찮을 거야' 생각하면서 그를 따라갔다면 어땠을까? 아마도 이 놀라운 행운을 만나지 못했을 것이다. 만약 일이 잘못되기라도 했다면 "그러게 그 남자를 뭘 믿고 따라갔어?" 하는 비난을 들을 수도 있었겠지. 그날 이후 나는 이전과는 다른 사람이 됐다. 종종 혼자 여행을 다녔고, 새로운 것을 보면 일단 해보기로 하는 쪽이 된 것이다. 그렇게 모험을 즐기면서 만든 나만의 인생 구호도 있다. '인생 자체는 긍정적으로, 개소리에는 단호하게!'

선을 자꾸 넘는 사람과
대화하는 법

심리학 용어 중 '퍼스널 스페이스(personal space)'라는 말이 있다. 개인이 쾌적하게 있기에 필요한 점유공간을 뜻하는 말인데, 나라마다 사람들이 적절하다고 생각하는 거리가 다르다. 예를 들어 일본은 1.01미터, 미국은 89센티미터 정도라고 한다. 미국인보다 일본인이 안전 거리를 더 길게 둔다는 얘긴데, 한국인은 아마도 미국인보다 일본인에 가까울 것이다. 엘리베이터 안에서 낯선 사람과 가까이 있게 될 때 불편한 이유도, 지하철에서 자리가 났을 때 최대한 떨어져 앉으려고 하는 것도 이 퍼스널 스페이스를 지키려는 본능 때문이다.

문화인류학자 에드워드 홀은 "퍼스널 스페이스란 단순히 물리적 거리만을 뜻하지 않는다. 마음의 거리다"라고 말한 바 있다. 낯선 사람과는 일정한 거리를 두고 날씨 정도를 화제에 올릴 뿐이지만, 친분이 있는 사람과는 가까이 앉아 깊이 있는 주제까지 이야기할 수 있다. 마음의 퍼스널 스페이스가 다르기 때문이다. 이 영역의 감각이 있는 사람들은 타인을 대할 때 관계의 친밀도에 따라 적당히 거리를 유지하기에 인간관계를 원만히 할 수 있다. 반면, 이 감각이 뒤처지는 사람들은 자꾸만 선을 넘는 발언을 하거나 친밀도에 맞지 않는 질문을 던져 상대를 불편하게 한다.

같은 질문이어도 누가, 어떤 뉘앙스로 하느냐에 따라 나의 대답은 달라진다. 적절한 거리를 두지 않고 훅 하고 다가와 질문 세례를 던지는 사람들은 그에 맞는 대꾸법으로 응대한다. 나의 퍼스널 스페이스를 지키면서 최대한 불편하지 않게 대화를 종료해야 하기 때문이다. 몇 가지를 소개하면 다음과 같다.

예를 들어, 누군가 의도를 알 수 없는 질문을 던졌을 때는 섣불리 대답하지 않는 것이 좋다. 친하지 않은 사람이나 상사에게 갑자기 "요즘 바빠?" 하는 질문을 받았을 때는 "아, 과장님이 더 바쁘실 것 같은데요. 요즘 어떠세요?" 하고 대답하는 것이다. 그러면 보통 상대는 여기 답하면서 자신이 질문한 의도를 함께 말하기 마련이다. 단순히 안부를 물은 것인지, 업무를 맡기기 위해서인지를 들은 후 나의 상황을 말해도 늦지 않다. 경험상 친하지 않은 친구에게서 갑자기 SNS로 그런 식의 연락이 온 경우는 대개 청첩장을 돌리기 위해서였다. 이 경우에는 "너는 요즘 어떻게 지내?" 하고 되물어 질문의 의중을 파악한 후에 "축하해. 그런데 내가 요즘 좀 바빠서 결혼식에는 못 갈 것 같아" 정도로 대답할 수 있다.

질문자의 의도를 곧바로 알 수는 있지만 대답하기 불쾌한 경우에는 딴청을 부리는 것도 방법이다. 예를 들어 "너 페미니스트지?" 하는 질문을 받았을 때 "네", "아니요" 같은 대답부터 하지 않고 "페미니스트가 정확히 무슨 뜻이에요?" 또는 "왜 그렇게 생각하세요?" 하고 물어보는 식이다.

여기서 중요한 것은 불쾌한 티를 내지 않는 것이다. 그러면 상대는 "여성우월주의자를 페미니스트라고 하지 않나?", "네가 아까 하는 말을 들어보니까…" 같은 해명을 하다 스스로의 논리가 빈약함을 깨닫고 급히 화제를 돌리게 된다.

질문자의 의도를 모르더라도 대답하기 꺼려지는 질문, 논쟁이 예상되는 질문에는 그저 들어주기만 하는 것도 방법이다. 어차피 모든 사람과 토론을 할 수는 없다. "박근혜 전 대통령에 대해서 어떻게 생각하니?", "최저 시급이 오른 것에 대해서 어떻게 생각하니?" 같은 질문을 친분이 없는 사람에게 받았을 때는 그저 대화의 공을 상대에게 넘겨주자. 보통 상대가 나를 훈계하거나 떠보려고 하는 경우가 대부분이기 때문에 "그쪽으로는 별로 생각을 안 해봤어요" 하고 나의 패를 내보이지 않는 선에서 끝내는 것이 대화를 빨리 종료하는 기술이다.

이처럼 나의 공간을 문득문득 침범하는 사람들은 대개 나를 잘 모르고 스쳐 지나가는 이들이다. 어쩔 수 없이 한 공간에서 계속 얼굴을 마주해야 하는 상황일지라도 나의 깊은 감정까지 공유할 필요는 없는 사람이다. 그런 이들에게까지 나의 공간을 열어 보일 필요는 없다. 또 사람마다 퍼스널 스페이스에 대한 감각이 달라서, 나는 마음의 준비가 되지 않았는데 자신에게 그럴 자격이 있다고 생각하며 혹 들어오는 사람도 있다. 그들에게 끌려다니지 않고 나만의 속도로 관계를 이어가려면 나름의 대처법이 필요하다.

평정을 유지하면서 나만의 고유한 공간 감각을 고수하기란 쉬운 일은 아니지만, 그만큼 가치 있는 일이기도 하다. 이는 결국 '나를 지키는 법'과도 관련되기 때문이다.

그러면 안 되는 거라고
알려줘야지

《나는 지방대 시간강사다》,《대
리사회》등의 책을 낸 김민섭 작가는 글 쓰는 일 말고도 대
리운전으로 생활을 꾸리고 있다. 한번은 대리운전 콜을 받
고 손님에게 전화해 10분 정도 걸리겠다고 알려주었다. 그
는 알겠다고 답했다. 약속대로 도착해 여러 번 전화했지만
상대는 끝내 전화를 받지 않았다. 김민섭 작가는 그 앞에
서 20분 정도를 기다리다 집으로 돌아왔다고 한다. 여기까
지는 흔히 있을 법한 에피소드다. 그런데 내가 인상 깊었던
것은 그 뒤 김민섭 작가의 대처였다. 그는 이후에 이렇게

행동했다고 자신의 SNS에 썼다.

 "이런 일이 있으면 대개는 '어디 계세요?' 하면서 혼자 이리저리 뛰다가 콜을 취소하고 곧 잊어버리고 말았는데, 오늘은 그러고 싶지 않았다. 그래서 그에게 문자를 한 통 보냈다. '그냥 가신 걸로 알고 콜 취소할게요. 그런데 당신 때문에 저는 출발지까지 갔고 그건 한 사람의 노동이 가는 과정입니다. 지금처럼 연락 두절되는 건 몹시 비겁한 행위입니다.' 그가 내가 보낸 문자를 볼지, 어떨지, 잘 모르겠다. 다만 내일 아침 깨어 이 문자를 보고 조금은 부끄럽게 생각했으면 한다."

 사정이 생겨서 취소할 수는 있지만 이를 미리 알리지 않는 것은 상대의 시간과 기회비용을 빼앗고 다른 사람의 기회까지 뺏어간다. 다른 사람이 느낄 불편함을 잠깐이라도 상상할 수 있는 사람이라면 하지 않을 행동인 것이다. 이처럼 예약을 했지만 취소한다는 얘기 없이 예약 장소에 나타나지 않는 손님을 '노쇼(No-Show)'라 한다. 현대경제연구원이 발표한 보고서에 따르면 2016년 음식점, 고속버스 등의 서비스 업종에서 예약을 해놓고 나타나지 않는 비율이 20 퍼센트를 웃돈다고 한다. 같은 해 노쇼로 인한 매출 손실이 약 4조 5,000억 원에 달했다. 예약은 상대와의 약속인데, 한국에서는 유독 이 '약속'에 대한 인식이 부족하다. 예약을 하고 나타나지 않는 한국인들 때문에 해외에서는 한국인의 예약만 받지 않는 곳도 있을 정도다.

최근 서비스 업계에서는 선결제 시스템이나 예약금 제도를 통해 노쇼를 줄이려는 시도를 하고 있다. 일주일 전에 취소하면 전액을 돌려주지만 연락 없이 나타나지 않으면 페널티를 주는 것이다. 노쇼를 하는 사람에게 금전적 페널티나 다음 예약에 불이익을 주어, 다른 사람에게 불편을 끼치면 자신도 불편을 겪어야 한다는 사실을 알리는 것은 긍정적인 효과가 있다. 실제로 페널티를 부과하기 시작한 국내 항공 업계는 시행 전에 비해 노쇼 고객이 3분의 2 이상 줄었다고 한다.

그처럼 일상에서도 인간에 대한 예의가 없는 사람을 만났을 때 "그 행동은 부적절했어요", "불편하네요"처럼 경고하는 것이 자연스러워진다면 사람들의 인식에도 변화가 생기지 않을까. 그런 행동을 계속해서 묵과한다면, 무리한 요구를 하면서 "다른 곳은 되는데 여기는 왜 안 돼요?" 하는 고객처럼 "다른 애들은 괜찮다는데 왜 너만 예민하게 굴어?" 하는 사람들도 줄지 않을 것이다. 김민섭 작가가 했듯이, 일방적인 상대에게는 부끄러움을 느껴야 한다는 사실을 알려주는 단호함이 필요하다.

자화자찬하는 법을
배워야 하는 이유

리모컨을 돌리다가 힙합 서바이벌 프로그램이 나오면 꼭 멈춰서 한동안 보게 된다. 힙합 하는 사람들 특유의 태도를 보고 있으면 흥미로울 때가 많다. 솔직하게 자기 이야기를 하는 것과 "내가 최고야"하는 허세를 보고 있으면 몹시 즐겁다.

다른 오디션 프로그램에서는 지원자들이 심사위원 앞에서 무조건 고개를 푹 숙이고 그들의 말에 고개를 끄덕였다. 심사위원들은 선고를 내리는 의사 같고 형량을 알리는 판사 같았다. 그래서 안쓰러웠다. 못하는 것만 자꾸 지적해

개성 있는 친구들을 무안하게 만드는 것도 마음에 들지 않았다. 하지만 힙합 서바이벌 프로그램에서는 지원자들의 태도가 당찼다. 건방져 보이기까지 할 정도였다. 심사 결과가 마음에 들지 않으면 따지기도 하고, 자기보다 잘하는 사람은 없다고 단언하기도 하는 걸 보면서 처음에는 뭘 믿고 저러나 좀 어이가 없었다. 그런데 갈수록 그런 당당함에 매료됐다. 벼는 익을수록 고개를 숙인다지만 그건 익은 후의 말이다. 우리는 익기도 전에 고개부터 숙여오지 않았던가.

힙합은 원래 익지 않은 사람들이 지르는 비명이었다. 익기도 전에 부러트리는 세상에 대한 저항이었다. 커다란 휴대용 라디오를 어깨에 메고 거리를 활보하면서 소리치던 것이 힙합의 원조다. 미국 할렘가에 거주하는 흑인이나 스페인계 청소년들은 악기를 살 돈이 없어서 기존 레코드를 버무려 음악을 만들었다. 인종차별이 극심해서 밤이 되면 인종주의자들이 총을 쏘고 "(피부가 검어서) 밤이라 안 보여 몰랐다"라고 둘러대곤 했는데, 흑인들이 거기에 저항해서 "여기 사람이 있다"라고 소리친 것이 랩의 모태다.

허세는 존재감 없는 사람들의 발명품이기도 하다. 가난한 흑인들은 가진 것이 없기 때문에 자신을 적극적으로 증명해야 했다. 대부분의 래퍼가 자신의 이름 앞에 붙여 쓰거나 별명으로 쓰는 MC는 'MIC Controller'의 약어로, '마이크 지배자'라는 뜻이다. 크라운, 닥터, 킹, 지니어스 같은 말들은 모두 자신을 과시해야 살아남을 수 있었던 이런 힙합 정신에서 온 것이다.

힙합 패션 또한 가난한 사람들에게서 시작됐다. 신발이나 티셔츠, 바지를 모두 크게 입는 힙합 패션은 할렘가에 사는 가난한 흑인들이 몸에 딱 맞는 옷을 입을 수 없었던 데서 유래했다. 가난한 사람들은 옷을 한 번 사면 최대한 오래 입어야 했기에 키가 크고 살이 찔 것까지 대비해 몸에 맞지 않는 커다란 옷을 샀으니까. 그런데 이것이 문화가 되면서 힙합 패션은 이제 쿨한 자기표현 방식으로 인정받게 됐다.

결핍은 그 자체로는 연약하지만 스스로 그것을 무엇이라고 믿고, 남에게 어떻게 보여주는가에 따라 위대해질 수 있다. 대부분의 예술가가 작업하는 방식도 이와 같다. 한국처럼 서로 자존감을 낮추는 데 바쁘고 권위적인 곳일수록 더더욱 이런 힙합 정신이 필요하다. 남들이 하는 평가를 그대로 믿지 않고, 권위를 그대로 받아들이지 않고, 스스로를 리스펙(respect)하는 것. 그렇게 되면 누군가 "가만히 있으라"라고 할 때 가만히 있지 않는 사람들이 늘어날 것이다.

분명한 것은, 세상이 나를 어떻게 생각하는지보다 내가 나를 어떻게 생각하는지가 더 중요하다는 것이다. 흑인 작가 제임스 앨런 맥퍼슨의 책 《행동반경》에는 이런 대목이 나온다.

> "우리 아빠하고요, 뉴욕에 사는 큰형이 말했어요. 이 세상에서 무엇이든 갖기 위해서는 자화자찬하는 법을 배워야 한다고요."
>
> "그건 왜지, 리언?" 선생님은 지겹다는 듯이 말했어. "왜냐하면요." 그 작은 소년은 제 가슴을 앞으로 내밀면서 말했어. "왜냐하면 내가 자화자찬하지 않으면 아무도 나를 칭찬해주지 않으니까요."

단호하고 우아하게
거절하는 연습

　　　　　　　　　남편은 착하게 생겼다는 말을
자주 듣는다. 그처럼 착하게 생겨서 나쁜 점은 부탁을 너무
자주 받는다는 것이다. 졸업한 지 한참 지났는데도 매년 새
로 뽑힌 학생회 대표가 전화해 홈페이지를 봐 달라고 한다.
기획안이나 제안서를 검토해달라는 연락도 부지기수다. 글
과 전혀 무관한 일을 하는데도 자신이 쓴 글을 읽어 봐 달
라고 부탁하는 사람도 있었다. 부탁받은 일을 하느라 남편
은 정작 자신이 해야 할 일을 뒤늦게 시작하기도 하고, 밤
을 새워 일하기도 한다.

이처럼 부탁을 자주 받는 사람들은 "넌 착한 사람이야", "역시 너밖에 없어"라는 말을 듣는 걸 포기하고 싶지 않고 상대를 실망시키고 싶지 않아 자신을 혹사하면서까지 에너지를 쓰곤 한다. 그러나 인간관계에서 중요한 것은 중요도에 따른 시간과 에너지의 분배다. 무례한 사람의 부탁이라면 아예 단호하게 거절하는 것이 좋지만, 가끔은 모호한 경우가 있다. 지금의 관계를 유지하고 싶으면서도 부탁을 들어주기에는 사정이나 능력이 여의치 않을 때다. 이때는 최대한 감정을 상하게 하지 않고 거절할 방법을 찾아야 한다.

부탁을 잘 거절하려면 우선은 반갑게 연락을 받아야 한다. 이를 통해 당신의 부탁을 들어주고 싶지만 상황이 어렵다는 메시지를 넌지시 전달하는 것이다. 연락이 오면 처음부터 떨떠름한 반응을 보이지 말고 우선은 환대하면서 말하는 내용과 일정을 사려 깊게 들은 후 "좋은 기회를 줘서 고마워", "그렇게 중요한 일에 나를 떠올려줘서 고마워"라고 감사 인사를 하자. 그래야 거절당하는 사람도 상처받지 않는다.

그 후에는 바로 가능한지 어떤지를 말하지 말고, "언제까지 확답을 주면 돼?" 하고 물어보는 것이 좋다. 만약 이렇게 물었을 때 급한 일이라 오늘내일 중으로 답을 해줬으면 좋겠다고 한다면, 이 부탁에서 당신은 우선순위가 아니었을 가능성이 크다. 다른 사람들에게도 부탁을 했지만 거절당해 돌고 돌아 당신에게 왔을 확률이 높으니, 덜 미안해하면서 요즘은 바쁜 일이 있어 어렵다고 바로 거절해도 된다. 그토록 급한 일이라면 상대방도 무리한 부탁임을 알고 있고, 안 될 가능성이 크다고 생각하고 있기에 거절당하더라도 크게 섭섭해하지 않는다. 그처럼 촉박한 경우에는 오히려 시간을 끈 후 최종적으로 거절의 의사를 밝혔을 때 상황이 더욱 곤란해질 수도 있다. 상대가 "네가 해주는 줄 알고 진행하고 있었는데, 이제 와서 안 된다고 하면 어떻게 해?" 하면서 죄책감을 유도해 거절할 수 없는 상황으로 몰고 갈 수 있다.

확답하는 데 시간적 여유가 좀 있다면 우선은 스케줄을 보고 다시 연락하겠다고 한 후 전화를 끊는다. 하루 이틀 정도 생각을 해본 뒤 역시나 무리라는 생각이 든다면, 다시 연락해 최대한 부탁을 들어주려 했지만 '최근에 집안 사정이 있어서' 또는 '회사 업무가 과도해서'와 같은 이유로 어렵겠다고 말한다. 이 이야기를 먼저 한 뒤, 만약 비용이나 일정 등 협상의 여지가 있는 일이라면 의견을 제시해보자. 그러면 상대는 당신이 제시하는 조건을 최대한 들어주려 할 것이다. 만약 도저히 일정이 맞지 않는다면 주변에 그 일을 할 만한 다른 사람을 추천해주는 것도 좋다.

상대에게 미움받는 것이 두려워서, 안 된다고 하면 상대가 나를 떠나갈까 봐서 무리한 부탁을 자꾸 들어주는 식으로 관계가 설정되면 갈수록 부작용이 커진다. 관계의 기울어진 추를 파악한 상대는 무리한 부탁임을 알면서도 계속하게 되고, 부탁을 받는 사람은 일그러진 인정욕구와 피해의식이 겹쳐 자꾸만 의기소침해지고 예민해진다. 부탁받은 일을 해주는 것은 어디까지나 나의 마음이 기껍고 편안한 상태여야 한다. 예의 바르게 부탁을 거절했는데도 자꾸 하소연하며 나를 비난하는 사람은 옆에 두지 않는 것이 좋다.

좋은 사람이라는 소리도 듣고 싶고 거절도 잘 하고 싶다면, 그건 욕심일 뿐이다. 둘 중 하나는 어느 정도 포기하라고 말하고 싶다. 나에게 상대의 부탁을 거절할 자유가 있듯이, 거절당한 상대가 나에게 실망할 자유도 있다는 것을 받아들여야 한다. 모든 사람에게 좋은 사람이 되려고 하면 그 모든 사람에게 휘둘리게 된다.

지금의 관계를 유지하고 싶으면서도 부탁을 들어주기에는 사정이나 능력이 여의치 않을 때, 이때는 최대한 감정을 상하게 하지 않고 거절할 방법을 찾아야 한다.

네가 예민한 게 아니야

"개구리가 겨울잠을 자는 이유는 변온동물이기 때문이다. 사람은 겨울잠을 자지 않지? 왜 그럴까?" 아이들 사이를 걸으며 설명하던 담임의 손이 내 티셔츠 안으로 쑥 들어왔다. 그는 막 커지기 시작한 내 가슴을 주물럭거리며 이처럼 사람 몸은 밖의 온도와 상관없이 늘 따뜻하다고 말했다. 왜 나한테? 부끄럽고 또 부끄러웠다. 초등학교 4학년 때의 일로, 당시 담임은 정년 퇴임을 1년 앞둔 남자였다. 20년이 넘은 일인데 아직도 성희롱이라는 말을 들으면 그때의 일이 선명하게 떠오른다.

자라면서 겪은 성희롱은 그뿐만이 아니었다. 고등학교 때는 내 귓불을 주물럭거리다 근처에 입술을 대고 소곤거리던 선생이 있었고, 대학 시절 아르바이트할 때는 선배들이 내게 남자 친구와의 일을 캐물어 곤란했던 적도 있다. 권력 관계에서 을일수록, 나이가 어릴수록 성희롱을 받기 쉽다 보니 성희롱을 당한 경험은 남성에 비해 여성에게 압도적으로 많다.

2017년 미국에서는 유명 영화 제작자 하비 와인스타인의 성추문을 계기로 '미투(Me Too)' 운동이 일어났다. 피해 여성들 사이에선 그가 이 같은 성적 요구에 응해주면 고용 조건을 유리하게 해주겠다고 꾀었다는 진술도 나왔다. 성희롱 중에서도 특히 이처럼 권력 관계가 깊이 결합된 직장 내 성희롱 이슈는 피해자가 성희롱을 당하더라도 대처법을 찾지 못하는 경우가 많다. 고용노동부에 따르면 직장 내 성희롱 신고 건수는 계속 증가하는 추세이며, 2012년에 263건이던 것이 2016년에는 556건으로 2배가 넘었다. 아마 신고되지 않은 실제 건수는 더 많을 것이다.

심각한 범죄 수준의 성범죄에 대해서는 법적인 대응법이 따로 있다. 나는 그런 부분은 잘 모른다. 다만, 일상에서 마주치는 수준의 성희롱에 대해서 어떻게 하면 우리가 괴물을 키우지 않을지, 성희롱을 당했다면 어떻게 대처할지에 대해 이야기를 보태고 싶다.

성희롱을 당했을 때 가장 먼저 할 일은 '내가 예민한 사람인 거겠지', '그분은 그럴 사람이 아니야' 하는 생각을 멈추는 것이다. 아무 일도 아니라고 생각하기 시작하면 제지하거나 불쾌감을 표현하기 어려워진다. 그러다 보면 잘못을 저지른 사람은 그냥 두고 피해받은 자신을 책망하는 상황이 벌어진다. 실제로 여성가족부가 2015년 직장 내 성희롱 실태를 조사했을 때, 성희롱을 당한 사람 중 78.4퍼센트가 별다른 대처를 하지 않고 참고 넘어갔다고 응답했다. '큰 문제라고 생각하지 않아서(48.7퍼센트)'가 참고 넘어간 가장 큰 이유였고, '신고해도 해결될 것 같지 않아서(48.2퍼센트)'가 두 번째 이유였다.

이상하지 않은가? 성희롱을 당했다고 생각하면서도 큰 문제라고 생각하지 않았다는 것이? 그런데 더 큰 문제는 이런 이들이 많아질수록 성희롱 가해자 중 "네가 예민한 거야"라고 항변하는 자들이 자꾸 생겨난다는 것이다. 자신의 감정을 믿어라. '불쾌하다'는 감정은 원래 주관적인 것이다. 다른 사람이 허락하고 말고 할 성질의 것이 아니다.

두 번째로 할 일은 웃지 않는 것이다. 정색하면서 거부하기가 힘들더라도 최소한 웃지는 말아야 한다. 많은 여성은 성희롱을 당했을 때 순간적으로 너무 당황해 웃어버리곤 한다. 거절할 때조차도 너무 단호하게 들릴까 봐 머쓱하게 웃는다. 카카오톡 등 SNS에서 성희롱적인 말을 들었을 때도, 성희롱했던 사람이 카톡을 보내와 이에 답장을 할 때도 'ㅎㅎ' 같은 표현을 하는 일이 많다. 가해자는 이를 악용한다. 상대도 자신에게 호감이 있다고 생각했다거나 적극적인 거부의 의사를 알리지 않았다는 증거로 쓰는 것이다.

또한 성희롱적인 발언을 자주 하는 사람 중에는 사람들이 난감해서 웃는 것을 보고 자신이 재치 있다고 착각하는 이들이 많다. 제 딴에는 재미있는 '섹드립'이라 여기다 수위조절에 완전히 실패하는 지경에 이르곤 한다. 처음부터 높은 수준의 성희롱을 하는 사람은 많지 않다. 처음에는 시답잖은 농담을 던지고 점점 더 농도를 높여가다가, 상대가 별 거부 반응을 보이지 않으면 그걸 혼자 긍정적으로 해석하고 결정적인 실수를 하는 것이다. 그러니 여지를 주지 말자. 나는 단체 채팅방이나 개인 카톡으로 원치 않게 야한 사진이나 영상을 받으면 읽고 아예 답하지 않는다. 나중에 그 사람과 이야기를 해야 할 때도 관련한 이야기는 아예 화제에 올리지 않는다. 나 또한 성적 드립이 섞인 농담을 한 적이 있는데 후배가 웃지 않아서 다시는 비슷한 농담도 꺼내지 않게 됐다. 불편한 말에는 어설프게 대응하는 것보다는 아예 '읽씹(읽고 무시하기)'을 하는 것도 유용하다. 상대가 눈치를 보게 하자.

그리고 기본적으로, 이상함을 감지했다면 둘만 있게 되는 상황을 피해야 한다. 또 부득이한 이유로 커뮤니케이션을 해야 하는 상황이라면 최대한 모든 것을 문서로 남겨두자. 대화를 할 때는 녹음을 하는 것도 좋다. 피해자들은 '이번엔 안 그러겠지', '그렇게까지 나쁜 사람은 아닐 거야', '그것만 빼면 좋은 사람인데'라고 자꾸 생각한다. 이는 폭력적인 남편에게 보이는 부인의 심리 상태와도 비슷하다. 자신의 의지에도 자주 배신당해왔으면서 다른 사람은 어떻게 그리도 잘 믿는 걸까? 건강한 관계라면 애초에 이런 생각을 하지 않는다. 이런 고민을 하는 것 자체가 관계의 불건전성을 증명하는 것이다. 성희롱적인 발언을 들었다면 상황에 따라 "혹시 제가 딸 같아서 그러시는 건가요? 저희

아버지는 저한테 안 그러시는데", "방금 말씀하신 거 녹음해서 인터넷에 올리면 순식간에 유명해질 것 같지 않으세요?", "요즘 그렇게 말씀하시면 큰일 나요" 같이 농담인 듯하지만 분명하게 문제가 되는 상황임을 경고하는 것도 유용하다.

한국에서 성희롱이 범죄라는 사실이 입증된 것은 1993년 '서울대 신 교수 성희롱 사건' 때부터다. 당시 서울대 한 실험실에서 계약직으로 일하던 우 조교는 상급자인 신 모 교수한테 불필요한 신체접촉과 부적절한 성적 발언을 들었다. 우 조교가 이에 항의하자 신 교수는 애초 약속과 다르게 우 조교에 대한 재임용 추천을 하지 않았다. 그러자 우 조교는 신 교수와 서울대 총장, 국가를 상대로 법원에 손해배상청구소송을 냈다. 한국민우회 부설성폭력상담소 관계자는 "신 교수 사건은 성폭력이 아닌 '성희롱'에 대한 개념을 법적으로 도입하는 계기가 됐다"라고 말했다. 당시는 '성희롱'이라는 단어의 뜻도 명확하지 않아 외국에서 수입한 '섹슈얼 허래스먼트(sexual harassment)'라는 개념을 갖고 연구하기도 했다고 한다.

한국 사회에 '성희롱'이라는 개념도 없던 1992년 이전에는 성희롱이 없었을까? 전혀 그렇지 않다. 내가 어렸을 때만 해도 '가정 폭력'이라는 개념이 없었다. 부부 사이에 일어난 폭행은 법적 처벌을 하지 않는다는 게 사회적 인식이었다. '데이트 폭력'이라는 말도 최근에 생겨났다. 당연시되거나 쉬쉬되던 일들이 '문제'로 여겨지기 시작한 것이다. 세상은 "왜 그렇게 예민해?"라는 말을 들어온 사람들이 불편을 적극적으로 표출해오면서 바뀌었다. 그 사람들 덕에 피해를 입고도 참아만 온 사람들이 목소리를 낼 수 있게 됐다.

성희롱 문제는 성립 요건 자체가 피해자 중심주의로, 피해자가 어떻게 느꼈느냐를 중시한다. 충격을 받았을 때 애써 아무 일도 아니었다고 생각하지 말자. 참고 피해버리면 문제가 반복되거나 상황이 더 악화될 가능성이 크다. 여기서 핵심은 자신의 감정을 믿는 것, 그리고 단호해지는 것이다.

전문가들은 일상에서 성희롱이 일어났을 때 초기 대응이 중요하다고 강조한다. 직접 표현하기가 어렵다면 자기 감정을 표현할 수 있도록 여러 방식을 시도해보라고 권하고 있다. 어린아이가 떼쓰는 것을 훈육하듯, 알아서 멈출

때까지 반응 없이 쳐다보다가 그래도 계속되면 단호하게 안 된다고 알려주어야 한다. 그래도 도저히 멈추지 않는다면, 휙 돌아서 자리를 떠나는 것이 좋다. 이것이 일상에서 흔히 일어나는 성희롱에 대처하는 기본 방식이다.

유일한 사람이 되는 비결

　　　　　　세기의 미녀 올리비아 핫세가
결혼 후 토크쇼에 출연했을 때, 사회자가 물었다. "수많은
프러포즈를 받았을 텐데 어떻게 그 남자가 당신의 남편이
라고 확신하셨나요?" 핫세가 갑자기 사회자 눈을 가렸다.
"제 눈동자가 무슨 색인가요?" 대답을 못 하자 그녀가 말
했다. "그는 이 질문에 유일하게 답한 사람이에요."

　우리는 저마다 읽히기를 기다리는 책 같아서 누군가 나
를 읽어나가는 것을 포기하지 않기를, 대충 읽고선 다 아는
양 함부로 말하지 않기를, 다른 책 사이에서 나만의 유일한

가치를 발견해주기를 원한다. 그럼에도 정작 다른 사람에 대해서는 어떤지? 토마스 만은《토니오 크뢰거》에서 우리가 어떤 사람을 간단히 한마디로 규정해버리는 것을 가리켜 "당신은 (그런 식으로) 처리돼버렸군요!"라고 표현했다. 우리는 누가 나를 '처리'해버리면 화를 낼 거면서 남들은 쉽게 '처리'해버린다.

다른 사람의 말을 잘 들으려면 내 목소리를 낮춰야 한다. 판단을 뒤로하고 자세히 살펴보는 것은 의외로 어려운 일이며, 그렇기에 사람이 할 수 있는 가치 있는 일 중 하나다. 무언가를 보고 더 많이 느끼는 사람은 더 많이 생각한 사람이고, 더 많이 생각한 사람은 더 많이 보는 사람일 것이다. 더 많이 보는 사람은 여러 입장을 모두 보는 것이나 다름없으므로, 자신이 살아보지 않았던 삶까지 살아볼 수 있다. 그렇게 하면 우리도 유일한 사람이 될 수 있겠지.

상처에 대해 용감해져라

　　　　　　나는 여자와의 실제 커뮤니케이션은 거의 없이 인터넷 사연 속 여자들만 자주 접하는 한 남자를 알고 있다. 그가 생각하는 여자의 이미지는 '남자에게 의존하고 이기적'이라는 것이다. 그래서 자연스럽게 한국 여자와 연애하는 데 회의가 든다는 결론으로 나아간다. 가끔 분노하기도 한다. "나보다 별로인 남자들도 다들 연애를 하는 데 왜 나만 못 하는 거야? 한국 여자들 정말 이상해" 하면서.

　처음 해외여행을 갔을 때 생각이 났다. 나라마다 문화

차이가 커서 놀라웠다. 한국에 돌아와서도 계속 그 차이에 대해서 생각했다. 그러니 한국에는 없는 좋은 점, 한국의 나쁜 점에만 집중하게 됐다. 시간이 지나 다른 나라도 가보고, 며칠간의 관광이 아니라 한 달 이상의 여행도 하는 등 경험이 쌓이자 좀 더 공통의 것이 보이기 시작했다. 보편적인 것들을 찾아내기 시작하자 외국인에 대한 과도한 동경도, 한국에 대해 부정적이기만 한 생각들도 조금씩 없어졌다. 크게 보면 어디나 비슷하다는 걸 깨달았기 때문이다.

그처럼 사람에 대한 기준이 너무 높은 것은, 적은 경험으로 일부의 모습에만 집중하는 바람에 편견에 사로잡혀서인 것 같다. 다소 차이는 있을지라도, 우리는 교통사고를 당하듯 누구나 1인분씩의 불운을 만난다. 그런데 어떤 사람은 시간이 많이 지나도 흉터에만 집중해 자신을 불쌍히 여기고 남을 미워하는 데서 헤어나지 못한다. 사랑이나 이성에 대해서 과도하게 경계하는 건 혹시 다친 곳을 또 다칠까 겁나서 그러는 것이 아닐까? 하지만 기대가 클수록 실망도 크기 마련이다.

영화 〈안녕, 헤이즐〉에서 주인공 어거스터스는 불치병에 걸린 여자 친구에 대해 "상처를 받을지 안 받을지는 선택할 수 없지만, 상처를 누구로부터 받을지는 고를 수 있어요. 난 내 선택이 좋아요. 그 애도 그렇게 생각했으면 좋겠어요"라고 말한다. 그처럼 조금 더 여유를 가지되, 상처에 대해서는 조금 더 용감해질 필요도 있다. 내가 상처받기를 허락하는 상대를 만나는 건 정말 멋진 일이고, 상처에서 배우는 사람만이 더 나은 사람이 될 수 있으니까.

그런 척을 하다 보면
정말 그렇게 된다

'슬퍼서 우는 것이 아니라 울면 슬퍼진다'는 제임스-랑게 이론을 현대적으로 연구한 학자가 있다. 하버드대 경영대학원 에이미 커디 교수다. 그는 자신의 저서 《프레즌스》에서 "마음이 몸을 바꾸듯 몸이 마음을 바꿀 수 있다"라고 주장한다.

그가 연구한 대표적인 불안 증상 중 하나로 '가면 현상'이 있다. 자신의 진짜 능력은 보잘것없다고 믿으며 이 사실이 남에게 알려질까 봐 두려워하는 것을 뜻한다. 아카데미상 수상자이자 하버드대 졸업생인 내털리 포트먼은 졸업

연설에서 이렇게 말했다.

"오늘 저는 1999년에 신입생으로 이 학교에 발을 디뎠을 때와 똑같은 기분이 듭니다. 그때 저는 뭔가 착오가 있어 내가 여기에 있는 게 아닌가 생각했습니다. 나는 그다지 똑똑하지도 않은데 이 대단한 곳에 있다니 뭔가 잘못됐다고 생각했습니다. 그리고 저는 입을 열 때마다 제가 멍청한 여배우가 아님을 증명해야 했습니다."

이처럼 가면 현상으로 괴로워하는 이들은 자기가 하고 있는 일을 깎아내리거나 자신에겐 실제로 그 일을 할 능력이 없지만 하는 척만 하고 있을 뿐이라고 생각한다. 스스로를 사기꾼처럼 여기는 것이다. 에이미 교수는 이처럼 가면 현상으로 괴로워하는 이들이 우리 주변에 생각보다 많다며, 높은 성취를 한 이들일수록 그리고 남들에게 대단한 사람으로 보일수록 자신의 형편없음이 들통나지 않을까 고민한다고 말한다.

에이미 교수는 이 경우 자신의 생각을 바꾸려면 자세부터 바꿔보라고 조언한다. '프레즌스(presence)'를 보통 '존재감'으로 해석하지만, 그는 '자신의 진정한 생각과 느낌, 가치와 잠재력을 최고로 끌어낼 수 있도록 조정된 심리 상태'라고 더 적극적인 의미를 부여한다. 남들이 보기에 자신감 있는 것처럼 행동하다 보면 남들뿐 아니라 자기 스스로도 어느 순간 그렇게 믿게 된다는 것이다.

자세와 몸짓, 표정과 신체 습관이 마음가짐을 결정한다는 저자의 관점은 실험을 통해서 뒷받침된다. 상당히 넓은 공간을 차지하면서 팔다리를 멀리 뻗는 확장적인 자세를 취한 피실험자들은 움츠리거나 오그라든 무기력한 자세의 집단과 호르몬 수치에서 상당한 차이를 보였다. 적극적인 자세를 취했던 집단은 결단력과 관련 있는 남성 호르몬인 테스토스테론 수치가 19퍼센트까지 높아진 반면, 스트레스를 받을 때 분비되는 코르티솔 수치는 25퍼센트 떨어졌다는 것이다.

신체 언어는 다른 사람에게 자신을 표현하는 메시지를 주고, 스스로에게도 영향을 끼친다. 자신감이 없어서 고민이라면, 우선 아주 작게 말하던 목소리를 한 톤 키우고 자세를 똑바로 해보자. 자신의 공간을 적극적으로 확보하는 듯한 자세는 스스로에게도 자신감을 주어 성격을 바꾸기도 한다. 자존감이 없어 고민이라면 남들에게 신뢰를 주지 못하는 신체 언어부터 점검해보자.

에이미 교수는 프린스턴대학교에 입학했을 때 내털리와 마찬가지로 자신 또한 이곳에 있으면 안 되는 사람이라고 느꼈다고 한다. 하지만 그런 생각을 하지 않는 것처럼 행동 하자 곧 그런 생각에 자신도 익숙해졌다고 말한다. 나도 그런 경험을 종종 했다. 스스로 '나는 가치가 있는 사람'이라고 믿고 행동하기 시작하면 다른 사람들도 그렇게 보아주는 것이다. 자신이 가치가 있는 사람이라는 생각을 꾸준히하다 보면 어느 순간 진짜로 그렇게 믿어지는 순간이 올 것이다.

사랑은 '미안해, 고마워'라고
말하는 거야

"이유는 알고 맞자. 왜 때리는 건데?"학교에 갔다가 돌아와 가방을 내려놓기도 전에 아빠의 주먹이 다리에 내리꽂혔다. 폭 넘어졌다가 일어나려고 버둥거리는 나를 엄마가 붙들었다. 파리채였나? 수도꼭지에 연결하는 초록색 고무호스였나? 옷걸이였나? 평소엔 그 세 개 중의 하나로 맞곤 했는데 그날은 그런 걸로 때리다 분이 풀리지 않는지 맨주먹과 발길질이 연달았다. 아빠가 내게 정확히 타격할 수 있도록 엄마가 옆에서 보조했다. 5평도 안 되는 마당이 있던 다세대 주택에 세 들어 살 때니까 초등학교 3~4학년쯤이었던 것 같다. 맞는 일이야 대수로운 게 아니었지만, 그날처럼 짐작가는 이유 없이 맞은 건 처음이었다. 왜 그러는지 알려달라고 소리쳐도 돌아오는 대답은 하나뿐이었다. "니가 더 잘 알거 아이가?" 모르겠지만 일단은 잘못했다고 빌었다.

잠시 뒤 화가 누그러진 아빠가 안방에 있는 카세트테이프 플레이어를 가리켰다. "왜 그랬노?" "뭐를?" "왜 아빠 테이프를 망쳐놨노 이 말이다!" 그 당시에는 카세트테이프를 통해 음악을 들었는데, 잘못해서 녹음 버튼을 누르면 기존 음악 위에 소리가 덧씌워져 테이프를 못 쓰게 되는 경우가 있었다. 내가 그런 거라는 증거가 있냐고 묻자 비슷한 상황에서 항상 듣던 논리가 들려왔다. "느그 언니는 그럴 아가 아이다. 니 동생은 그런 거 할 줄도 모르고." 나는 음악이 끊겨 무의미한 소음만 남겨진 테이프를 재생시켰다. 지지직 하는 소리가 연속되다 순간 남동생의 말소리가 플레이어에서 들려왔다. 되감기 버튼, 재생. 남동생 목소리. 다시 되감기 버튼, 재생. 확실히 들리는 남동생 목소리. "나 아니잖아. 사과해. 제대로 확인도 안 하고 때린 거 사과해!" 분노로 까무라칠 지경이었다. 눈물을 흘리며 바락바

락 악을 썼다. "사과 같은 소리 하네. 자식한테 사과하는 부모도 있나?" 엄마가 말했다. 언제나 그런 식이었다.

어린 시절 부모에게 가장 간절하게 듣고 싶었던 말은 미안하다는 말이었다. 비슷한 일이 생길 때마다 나는 악다구니를 썼다. 그 말만 들으면 돌아버릴 것 같은 억울함이 조금은 가실 것 같았다. 방에 틀어박혀서 굶어도 보고, 엉엉 울면서 제발 사과해달라고 빌어보기도 했다. 그럴 때마다 돌아오는 건 한결같은 무시나 욕이었다.

그때 미안하다는 말을 들을 수 있었다면 용서했을 것이다. 어린 자식은 무조건 부모를 용서하기에. 그러나 시간이 흐르면 부모는 영원히 용서받을 기회를 놓쳐버린다. 상처받은 자식이 부모를 지워내기로 결정하면 더 이상 미워하지 않게 된다. 미움조차 사실은 관심에서 시작되는 것이기 때문이다. 훗날 나는 영화 〈러브스토리〉의 명대사라고 알려진 '사랑은 결코 미안하다고 말하지 않는 거야'를 듣고 코웃음을 쳤다.

어른이 되었지만 여전히 마음 안에는 어린 시절 울던 내가 숨어 있다가 특정 버튼이 눌리면 튀어나왔다. 잘못하고도 미안하다고 하지 않는 사람들, 배려받고도 당연하게 여기는 사람들에 대해 내가 극도의 알레르기 반응을 일으키며 격렬히 분노한다는 사실을 특히 연애하면서 알게 되었다. 상대에게 헌신하다가도 이런 모습이 보이면 가차 없이 마음이 식었다. 당시 내 마음이 건강했다면 대화로 풀어보려고 시도했을 것이다. "네가 그걸 당연하게 생각하는 것 같아서 서운함을 느껴"라든지 "진지하게 이 부분에 대해 사과를 받아야 마음이 풀릴 것 같아" 같은 이야기를 하는 게 가능했을 것이다. 그러나 이 말을 하는 것 자체가 관계를 개선하기 위해 노력하는 행위이고, 노력한다는 것은 바뀔 수 있음을 낙관한다는 뜻이므로 그때의 '센 척만 하던 나'에게는 불가능한 일이었다. 기본적으로 사람을 믿지 못했고 관계에서 뒤틀리는 부분이 발생하면 일단 도망쳐야 한다고만 느꼈으니까.

여러 관계가 그런 식으로 끝났고 어느 시점부터는 가만히 앉아 실수를 복기해야 했다. 계속 이렇게 살아서는 안 됐다. 성숙한 어른이라면 내게 상처가 있다고 해서 남들에게 계속 이해하고 맞춰 달라 요구할 수 없는 것이다. 부모와 정서적으로 결별하며 더 이상 그들은 내게 상처를 줄 수 없게 되었으며, 취업을 해서 생활이 안정되기 시작하면서 조금씩 이 부분에 딱지가 앉아 누군가 건드려도 화들짝 놀라는 강도가 줄어들었다. 일단 내가 받고 싶은 대우를 남에게 먼저 해보았다. 회사에 다니면서 '미안하다'는 말과 '고맙다'는 말을 의식적으로 자주 했다. 내 입으로 내뱉으면 그건 상대뿐 아니라 내 귀에도 들리고 그렇게 되면 어릴 때 못 들은 말의 균형이 맞춰질 것이었다. 그 과정에서 느낀 것은 생각보다 이것들의 위력이 크다는 것이었다.

문제가 발생하면 일단 진심으로 사과부터 하는 사람이 있고, 어떻게든 핑계를 대며 다른 사람을 탓하는 이가 있다. 사과를 하지 않는 사람들은 잘못을 시인했을 때 자기의 권위가 훼손되는 것을 우려하는 듯했다. 그러나 진짜 권위는 잘못을 인정할 줄 아는 데서 나온다. 기꺼이 자기 실수를 인정하는 것은 이걸 인정한다고 해서 지금까지 쌓은 것이 무너지지 않음을 확신할 수 있는 내면의 단단함이 있어야 가능하다. 미안하다는 말만큼이나 고맙다는 말의 힘도 강력했다. 조직에서 우리가 섭섭함과 분노를 느끼는 이유는 대개 단순히 일을 많이 해서가 아니라, 내가 애쓴 것을 알아봐 주지 않는 서운함에서 나온다. 반면 내가 고생한 것을 알아봐 주고 선배나 후배가 고맙다고 말해주면 힘들어도 계속할 힘을 낼 수 있다.

아이를 낳은 후에 그 애에게 자주 말한다. 고마운 일이
하루에도 몇 번씩 생긴다. 밥을 잘 먹어주어서 고맙고 어린
이집에서 잘 놀고 오니 고맙다. 미안하다고 말할 일도 종
종 생긴다. 실수로 뜨거운 걸 먹였을 때, 잠깐 한눈을 판 사
이에 넘어졌을 때 등. 무엇이든 당연하게 생각하지 않을 때
고마운 일은 많아지고 자존심을 내세우지 않을 때 미안할
일이 많아진다. 이렇게 사과하고 고마워하면 아이는 나를
믿어줄 것이다. 내가 자기를 세상의 그 어떤 것과도 비교할
수 없이 사랑하지만 실수도 한다는 걸, 그리고 앞으로는 더
욱 잘하겠단 마음을 알아줄 것이다. 나를 꼭 닮은 아이에
게 이런 말을 할 때마다 그게 실은 어린 시절의 나를 다독
이는 말이기도 하다는 걸 깨닫는다. 아이에게 말하고, 그걸
다시 내 귀로 들으면서 양쪽 모두에게 토닥인다. "미안해,
고마워, 사랑해, 그리고 이제 다 괜찮아." 라고.

PART 4

부정적인 말에
압도당하지 않는 습관

부정적인 말에
압도당하지 않는 습관

사회적으로 약자일수록, 소수
자일수록 질문 세례를 받는다. "왜 ~를 안 하는 거야?"에서
시작한 질문은 "내가 해봐서 아는데 말이야"로 전개되어
"너처럼 이야기하는 애들이 꼭 나중에 후회하더라"로 결말
이 나곤 한다. 사람은 딱 자신의 경험만큼만 남을 이해하는
경향이 있다. '관심'이라는 말로 다른 사람들의 삶에 간섭하
고 충고하는 사람들의 논리를 들어보면, 자신의 말이 정답
이라고 믿어 의심치 않는 경우가 대부분이다.

때로는 무례한 사람들과 싸워야 한다. 하지만 언제나 그

럴 수는 없다. 사람의 에너지는 한정되어 있고 긍정적인 것
보다 부정적인 것을 생각할 때 더 많은 에너지를 쓰기 때
문이다. 또한 내가 불쾌감을 표현했더라도 그의 행동이 바
뀔 가능성은 매우 적기에, 이런 감정 소모가 밑 빠진 독에
물 붓는 일처럼 허무하게 느껴지기도 한다.

　무례한 발언을 자주 해서 나에게 상처 주는 사람이 집안
의 어른이나 직장 상사인 경우라면 현실적으로 화를 내기
가 어렵다. 이들은 좋은 의도로 조언을 하느라 그러는 것이
기에 정색하기도 뭐하다. 그렇다고 참고만 있기에는 스트
레스가 너무 크다. 서로 상처받지 않고 대화를 종결하는 데
필요한 자기만의 언어를 준비해두어야 한다. 나는 그런 상
황에서 주로 두 개의 문장을 사용한다. 바로 "그렇게 생각
하시는군요"와 "그건 제가 알아서 할게요"다.

　"그렇게 생각하시는군요"는 피하고 싶은 상황 앞에서
거리를 두게끔 하는 말이다. 도저히 동의할 수 없는 말을
들었지만 논쟁할 수 있는 상황은 아닐 때, 상대를 쳐다보면
서 감정을 배제하고 이 말을 하면 효과적으로 대화를 끝낼
수 있다. "그렇게 생각할 수도 있겠군요", "그런 생각을 가
지고 계시는군요. 알겠습니다"라며 경청 자체에만 포인트

를 두는 것이다. 세대가 다르고 경험과 처한 환경이 다르면 생각도 다를 수밖에 없다. 심지어 내 생각도 바뀔 수 있고, 내가 틀렸을 수도 있다. '저 사람은 그렇게 생각하는구나' 하는 무덤덤한 인식은 상대에게뿐 아니라 스스로에게도 대단한 의미를 부여하지 말자는 다짐이 되기도 한다. 인생에서 만나는 부정적인 말들을 모두 거대하게 느끼다가는 정신력이 남아나지 않을 테니까.

"그건 제가 알아서 할게요"는 대답하고 싶지 않고 할 필요도 없는 상황을 마주했을 때 유용한 말이다. 애정이나 관심인지, 간섭이나 훈계인지는 듣는 사람이 너무나 잘 알고 있다. "결혼은 언제 할 거니?", "돈은 잘 모으고 있니?", "남편 아침밥은 잘 챙겨주고 있니?" 같은 질문이 반복될 때 더는 대꾸하고 싶지 않다면 싱긋 웃으면서 이렇게 말하는 것이다. "그 부분은 제가(저희가) 알아서 할게요."

피하고 싶은 상황을 만나더라도 기죽지 말자. 매일 조금씩 단호하고도 우아하게 거절하는 연습을 해보는 거다. 거절에 필요한 자신만의 언어를 사용하다 보면 인간관계에서 오는 스트레스를 줄이는 데 도움이 된다. 여기서 핵심적인 것은 '일일이 상처받지 않는다'와 '상대방 페이스에 휘

말리지 않는다' 이 두 가지다. 미셸 오바마는 민주당 전당 대회에서 그들 부부를 공격하는 트럼프의 행태를 간접적으로 비판하면서 이렇게 말했다.

"그들은 저급하게 가도, 우리는 품위 있게 갑니다(When they go low, we go high)."

애정 없는 비판에
일일이 상처 받지 않기

나는 눈치를 자주 보는 사람이었다. 남들이 조금이라도 나쁜 말을 하면 지나치게 반성하고, 지나가는 사람이 던지는 말조차 오랫동안 곱씹었다. 소속된 집단에 대한 나쁜 말을 들으면 예외적으로 나는 그런 사람이 아니라는 것을 해명하려고 애쓰기도 했다. '데이트 비용 안 내는 한국 여자', '명품 밝히는 여대생' 같은 말을 들으면 실제로 그런 사람을 잘 보지도 못했으면서 "많이들 그러지만 나는 안 그래!"라고 강조했다.

그런데 점점, 너무 자주 죄송해하는 게 불편해졌다. 이것들이 정말로 애정을 담은 비판인지, 걱정인 척 포장하며 자신의 권위를 확인하는 것인지 따져봤다. 생각해보니 우선 나부터 잘 알지도 못하면서 하는 말이 많았다. 단점은 장점보다 쉽게 보이고, 비판을 하면 스스로 우월감이 느껴져 그런 경우도 있었다. 그냥 재미로 그러기도 했고, 부러워서 그러기도 했다. 그렇다면 남들도 나한테 그랬다는 것 아니겠나. 애정 없는 비판, 습관적인 비판, 통찰 없는 우려를 걸러내기 시작했다. 수년간 그러다 보니 나름의 기준도 생겨났다.

먼저 그것이 애정과 관심에서 나온 것인지를 확인한다.

그렇지 않다고 판단되면 무덤덤해지도록 노력하고 있다. 명절 때만 보는 친척이 "취업 언제 해?", "결혼 언제 해?"라고 묻는 건 달리 할 말이 없어서 그냥 건네는 인사 같은 것이다. 이때는 상처받지 말고 "곧 해야죠" 하고 의례적인 대답만 하면 된다. 자신의 권위를 내세우기 위해 질문하는 사람들에겐 신경을 끄는 게 상책이다. 이런 사람들은 "우리 땐 안 그랬는데" 하는 식의 검증 못 할 말을 자주 한다.

큰일이라고 호들갑 떠는 일도 예전부터 쭉 있었던, 사소한 사안은 아닌지 의심해볼 필요가 있다. 스마트폰의 영향으로 개인주의가 심화되고 소통이 어려워졌다고 하지만, 1970년대에 텔레비전이 대중화될 때도 공동체가 파괴됐다며 난리라도 난 것처럼 굴었다. 또 요즘 유행어나 줄임말 때문에 세대 간 언어 단절이 오고 언어 파괴가 심각해졌다고 하지만 1980년대에도 젊은 세대가 '옥떨메(옥상에서떨어진 메주)' 같은 말을 써서 문제라는 한탄 섞인 신문 기사가 있었다.

문제라고 제기된 것이 과도한 일반화나 지나친 우려는 아닌지도 따져보자. '요즘 대학은 차별의 전당', '요즘 애들은 예의가 없다' 같은 말을 바로 수긍하지 말고 근거와 의도를 확인하는 것이다. '요즘 ○○은 ~하다'는 식의 이야기들은 대개 증명 없이 쉽게 내린 단정이며, 걱정인 척하지만 사실은 자신의 권위를 내세우며 우월한 지위를 확인하기 위해서 사용되는 경우가 많다.

중요한 소리를 듣기 위해서는 주변의 소음을 낮춰야 한다. 가끔은 남이 자신을 방해할 때 '쉿'을 외칠 필요가 있다. 그렇게 하지 않으면 정작 나의 목소리가 묻혀 세상에 들리지 않게 될 테니까.

마음의 근육 키우기

"언니는 사는게 재미있어요?"

한 후배가 최근의 상태에 대한 고민을 털어놓았다. 그는 요즘 아무것도 하기 싫다고 했다. 해봤자 삶이 나아지지도 않는데 계속 열심히 살아야 하는 이유를 모르겠고, 자신을 둘러싼 인간관계가 의미 없게 느껴져 모든 걸 그만두고 싶은 우울감이 지속되고 있다고 했다. 나는 말했다. "당연하지. 누구나 한 번씩 그런 생각을 해. 나는 왜 이렇게 한심할까 하고 말이야." 후배가 놀라며 말했다. "언니는 그런 생각안 할 줄 알았는데…. 언니는… 엄청 밝잖아요?"

남에게 그럴싸해 보이기란 얼마나 쉬운가. 사람들은 자신은 적당한 가면을 골라 쓰고 세상에 나서면서도 남들은 가면을 벗고 있다는 착각을 하는 것 같다. 또 자신은 단순하게 정의되는 걸 싫어하면서 남에 대해서는 다 아는 듯이 판단하곤 한다. 나는 현재 직장생활을 하고 있고 결혼을 했다. 또 잘 웃는다. 이런 나를 보고 누군가는 말한다. "너는 아무 걱정이 없겠다." 하지만 직장이 없고 미혼이라 해서 불행한 것은 아니듯이, 그럴싸해 보이는 삶도 그게 다는 아니다. 행복은 여름날 길에서 먹는 아이스크림 같다. 아주 잠깐 좋고 금세 사라져버리니까.

조울증처럼 '나 좀 괜찮은데?'와 '난 왜 이따위일까'라는 감정이 반복됐다. 미래에 대한 두려움에서 오는 불안, 다른 사람이 되고 싶다는 비교와 질투, 나 자신에 대한 반복되는 실망, 사랑받고 인정받고 싶다는 욕구, 어린 날의 상처 등이 자꾸만 울컥울컥 튀어나온다. 일희일비하지 않는 사람이 되어서 상처 덜 받고 자존감 높게 살고 싶지만, 그게 가능했던 적은 지금까지 단 한 번도 없었다. 주변을 둘러보면 모두 비슷한 고민들을 하는 듯하다.

몸 관리법에 대한 이야기는 이렇게 차고 넘치는데 어째

서 마음 관리에 대한 이야기는 찾아보기 어려울까? "나 몸이 아파"라고 말하는 것은 괜찮지만 "나 마음이 아파"라고 말하는 것은 큰 약점같이 느껴지기도 한다. 하지만 감기가 몸이 약해질 때 찾아오듯, 우울증도 마음이 약해질 때 찾아오는 감기 정도로 접근할 순 없을까? 그렇게 되면 불현 듯 우울감이 찾아오더라도 곧 나아질 것이란 희망이 생길 것이다.

신경정신과 의사인 하지현 교수는 "불안이란 없애야 하는 존재가 아니라 관리해야 하는 대상"이라고 말한다. 방심하면 금세 살이 찌는 몸을 대하듯, 마음도 비슷한 관점에서 접근해봐야 한다. 실제로 정상 체중을 유지하는 사람들의 비결은 대단한 정신력이 아니라 우선 몸과 건강에 관심이 많다는 것이다. 즐겨 입던 옷이 꽉 끼면 '다이어트를 해야겠구나' 깨닫고, 점심에 과식한 것 같으면 저녁은 거르거나 가볍게 먹고, 정기적인 운동으로 체력을 키운다. 많이 먹으면 살이 찌고 운동을 하면 근육이 생긴다는 사실을 자연스럽게 받아들이는 것이다. 반면, 식이장애가 있는 사람은 '언제나 날씬해야 한다'는 강박에 사로잡혀 있다. 그래서 굶기와 폭식, 구토를 반복하게 된다.

그러니 마음의 근육을 키울 일이다. 마음의 근육을 키운 다는 건 감정의 진폭이 없는 상태가 되는 게 아니라 언젠가 우울함이 찾아오더라도 빠르게 나아질 수 있는 회복력을 얻는 일이다. 그리고 이 회복력이야말로 사람들이 그토록 가지고 싶어 하는 자존감과 깊은 관련이 있다.

상처 덜 받고 자존감 높게 살고 싶지만, 그게 가능했던 적은 지금까지 단 한 번도 없었다. 주변을 둘러보면 모두 비슷한 고민들을 하는 듯하다.

자신을 신뢰하는 사람은
남의 평가에 연연하지 않는다

한국을 대표하는 소설가 박완서는 마흔의 나이에 〈여성동아〉 장편 소설 공모전을 통해 《나목》이라는 소설로 데뷔했다. 그녀가 전쟁 중 미군 부대 초상화부에서 만난 화가 박수근에 대한 내용이다. 《나목》을 뽑아준 심사위원들은 그녀를 칭찬하면서도 "일회적인 작가가 될 것"이라고 한목소리로 예언했다. 작가가 특수한 자기 경험을 형상화했기 때문에 첫 책이 마지막 책이 되고야 말리라는 것이었다. 심지어 박완서 작가의 시상식 때는 그를 뽑아준 심사위원들이 오지도 않았다. 자신을 뽑아준 선배 문인들로부터 직접 따뜻한 말을 기대했지만 뜻대로 되지 않아 실망스러웠다고, 작가는 훗날 산문집《세상에 예쁜 것》에 썼다.

박완서 작가는 등단할 당시 들었던 불길한 예언들을 상기하면서 정말 그렇게 되는 것이 아닌지 불안해했다고 한다. 실제로 등단 후에도 한동안 원고 청탁을 받지 못했다는 것이다. 하지만 그녀는 포기하지 않고 계속 썼다. 장편소설《그 많던 싱아는 누가 다 먹었을까》,《그 산이 정말 거기 있었을까》,《아주 오래된 농담》등을 펴냈고 단편집으로《부끄러움을 가르칩니다》,《엄마의 말뚝》,《저문 날의 삽화》,《너무도 쓸쓸한 당신》등을 출간하며 왕성히 활동했다. 전쟁 체험을 바탕으로, 중산층의 삶과 여성으로서의 기억을 소재로 한 소설은 그녀가 암으로 세상을 떠나기 전까지 계속됐다. 2011년 박완서 작가는 문학적 업적을 인정받아 금관문화훈장에 추서됐다.

작품성과 대중성을 두루 갖춰 '한국의 무라카미 하루키'라는 별명을 가진 김연수 작가에게도 비슷한 일화가 있다. 그는 1994년 〈가면을 가리키며 걷기〉로 제3회 작가세계문학상을 받으며 본격적으로 작품 활동을 시작했다. 첫 작품을 낸 뒤 첫 평론을 받아들었는데 제목이 '단명의 예감'이었다. 그가 얼마나 더 소설을 쓸 수 있을지 모르겠다며, 개그가 보고 싶으면 그걸 보라는 식의 무자비한 내용이었다. 심지어 그것이 첫 책에 대한 유일한 평론이었다.

김연수 작가는 실망했지만 그만두지 않았다. 그는 산문집《소설가의 일》에서 이렇게 말했다.

> "그럼에도 작가들은 잘 죽지 않는다. 왜냐하면 그들에게는 작품만큼이나 그 작품을 쓰는 과정이 중요하기 때문이다. 작품과 작가는 동시에 쓰인다. 작품이 완성되는 순간, 그 작가의 일부도 완성된다. 이 과정은 어떤 경우에도 무효화되지 않는다. 만약 국가가 한 작가의 작품을 모두 불태운다고 해도 그 작품을 쓰기 전으로 그를 되돌릴 수는 없다. 한 번이라도 공들여 작품을 완성해본 작가라면 그 어떤 비수에도 맞설 수 있는 힘의 원천을 안다."

인생이란 재미있는 것이어서, 김연수 작가에게 '단명의 예감'이라 평한 평론가는 이제 더는 평론을 쓰지 않는다.

사람들은 미래를 예측하고 예언하기를 좋아한다. 주변

인에 대해서도 마찬가지다. 가족에게든, 친구들에게든, 회사 동료에게든 "너는 ~한 사람이야", "너는 ~할 것 같아" 같은 이야기를 많이 한다. 그런 말들을 자꾸 듣다 보면 당사자도 믿어버리게 된다. 정말 그렇게 될 것만 같다고. "이 결혼 해도 될까요?", "저 공무원 시험 쳐도 될까요?" 같은 질문을 접할 때 나는 속으로 생각한다. '이렇게 남에게 묻는 걸 보니 하지 않겠구나'라고. 흔들리는 사람들은 다른 사람의 평가나 조언을 거대하게 받아들인다. 확신 있는 사람은 남에게 물을 시간에 그 일을 이미 하고 있다.

일상에서 무례한 사람이 당신을 평가하거든 '저 사람은 그렇게 생각하는구나' 하고 넘겨버려라. '그의 말이 사실일지도 몰라' 하면서 불안해할 필요가 없다. 그는 나를 잘 모를뿐더러 나에 대해 열심히 생각하지도 않는다. 몇 년 후 "그렇게 말한 적이 있는데 기억하세요?" 하고 물어보면 분명 기억하지도 못할 것이다. 그런 말을 곱씹는 게 억울하지 않은가? 나의 과정을 모두 아는 사람은 나뿐이며, 자신을 신뢰하는 사람은 남의 평가에 연연하지 않는다. 다른 사람들의 말에 흔들리려 할 때마다 나는 이렇게 다짐한다. '사람들이 말하게 두고, 나는 나의 일을 하러 가자.'

회사에서 멘토를 찾지 말 것

"회사는 아름다운 곳이 원래 아니다. 그렇다고 마음먹으면 역설적으로 좋은 점이 보이기 시작할 것이다."

서울대병원 정신건강의학과 윤대현 교수의 책《픽스유》를 읽다 공감해 페이지를 접어두었다. 회사에 대해 너무 큰 기대를 하면 '회사가 어떻게 나한테 그럴 수 있어', '상사가 어떻게 나한테 그럴 수 있어' 하고 자꾸만 원망하게 된다. 이상향을 설정하고 세상이 나아지는 방향으로 노력하는 일은 좋지만, 회사라는 조직의 특수성과 한계도 함께 생각해야 한다. 그러지 않으면 그 노력은 필연적으로 실패하고야 만다. 회사는 '가족' 같은 곳이 원래 아니니까.

회사생활을 10년 가까이 하며 많은 사람을 만났다. 팀의 막내로 일하기도 했고, 어중간한 연차로 선배와 후배를 모두 대하기도 했고, 현재는 후배가 대부분인 팀에서 일하고 있다. 관리자가 되니 3년 차 이하의 낮은 연차였을 때는 몰랐던 것들이 보인다. 특히 회사생활을 하다 좌절하는 사람들을 많이 보는데, 물론 그중에는 회사의 방침이 불합리한 경우도 많다. 그러나 회사 자체는 이익을 추구하는 집단일 뿐이므로 사내에서 나쁜 사람을 만나거나 회사의 방향이 자신의 생각과 다른 건 어찌 보면 자연스러운 일이다. 냉정하게 들리겠지만, 도저히 맞지 않으면 퇴사하면 될 일이지 자책하거나 괴로워하며 울 필요는 없다.

직장 상사는 당신의 멘토가 '원래' 아니다. 사람은 나이가 더 많다고 해서, 경험이 더 많다고 해서 저절로 현명해지지 않는다. 드라마 〈미생〉에서 사원 장그래의 멘토였던 오상식 과장처럼 뒤에서 자신을 돌보고 신뢰해주길 바라겠지만, 그런 사람은 드라마에서나 존재한다. 자신이 불합리하다고 생각하는 부분을 강하게 어필하면 직장 상사가 그 속내를 헤아려줄 것 같은가? 그런 일은 절대 없다. 상사도 사람이다. 위로부터 실적 압박을 받고, 언제까지 이 일을 할 수 있을지 고민하는 평범한 직장인일 뿐이다. 그러니 후배에게 지적을 당하면 합당한 비판일지라도 고깝게 들릴 수밖에. 절대 상사의 자존심을 건드리지 마라. 불합리한 일을 당하더라도 사람들 앞에서 대놓고 비판해서는 안 된다. 필요하다면 감정이 진정됐을 때 개별 면담을 하는 것이 좋다. 부드러운 분위기에서 고민 상담 형식으로 상사에게 질문하면 불필요한 감정 소모를 막을 수 있다.

직장 동료 또한 당신의 친구가 아니라는 점을 기억해야 한다. 사람들은 회사에서 만난 동료에게도 너무 많은 기대를 한다. 동기라면 나의 존재를 위협하지 않을 정도로, 그러면서도 내게 업무가 넘어오지 않을 정도로 적당한 업무 성과를 내야 한다. 회식 자리에서는 나와 함께 뜻을 모아 회사와 상사를 욕할 수 있어야 한다. 안 그러면 의뭉스러운 사람이다. 후배의 경우도 비슷하다. 나의 존재를 위협하지 않을 정도로 적당히 일하되, 말귀를 잘 알아들어 자신의 몫을 척척 해내야 한다. 그러면서도 겸손해야 한다. 안 그러면 되바라졌거나 무능력한 사람이다. 이처럼 직장 동료의 이상향을 설정해두고 거기에 집착하다 보면, 파벌을 만들어 사내 정치를 하게 되거나 후배에게 지나치게 가혹한 선배가 되곤 한다. 혼자 기대해놓고 후배가 퇴사를 하거나 동기가 자신을 뒤에서 욕한 것을 알게 되면 '배신당했다'며 상처를 받기도 한다. 하지만 회사는 원래 이해관계로 엮인 곳이다. 친구는 회사 밖에서 찾아라.

회사의 명함을 자신과 동일시하다 보면 훗날 자신을 지켜주던 명함이 사라졌을 때 황망해진다. 회사나 회사 사람들에게 너무 큰 가치를 부여하고 너무 많은 것을 바라선 안 된다. 회사가 자기계발도 시켜주고 영혼의 단짝도 찾아주는 좋은 곳이라면 애초에 월급을 줄 리가 없지 않은가.

세상 대부분의 것이 그러하듯이 모든 관계는 서로 이해관계가 맞아떨어질 때 유지될 수 있다. 회사가 나를 책임지지 않고 회사에서의 관계가 일시적일 뿐이라고 생각하면, 일로써 만난 사람들에게 갑질을 할 필요가 없어진다. 지나치게 헌신하다가 배신감에 울 일도 없고 말이다. 회사의 명함말고도 나를 설명해줄 일을 밖에서 자꾸 찾고, 회사 동료가 아니어도 나와 놀아줄 사람을 찾아 나서라. 회사에 대해서는 약간 체념한 채로 일하는 것이 정신 건강에 좋다.

직장 상사가
안하무인이라면?

"머리가 좀 나쁘신 것 같아요."

순간 머릿속의 퓨즈가 획 소리를 내며 끊겼다. 전화기를 들고 있던 손이 덜덜 떨렸다. 잡지 기자로 일하다 팀을 옮겨 국내 대기업의 온라인 홍보 대행 일을 하게 된 지 얼마 안된 때였다. 기업의 큰 행사를 홍보하는 콘텐츠를 작성하고 컨펌을 받는 과정에서 담당자가 과도하게 신경질적인 반응을 보였다.

처음 그 일을 하게 됐을 때 인수인계를 해주던 사람이 "그는 낯을 많이 가리니(?) 처음에는 트집을 잡고 화를 많내겠지만, 내 사람이라고 생각되면 그때부터는 잘해줄 겁니다"라고 조언해주었다. 6개월 정도가 지나면 안정기에 접어들 테지만, 그 전에는 '길들이기'를 하느라 좀 까칠하게 굴 것이라고도 했었다. 내가 황당해하자 원래 이 정도 레벨의 대기업에 다니는 사람들은 '을'을 대하는 것이 직업이라 나름대로 그런 식의 조련을 해야 한다는 것이었다.

그렇게 인수인계를 해준 사람은 뇌에 종양이 생겨 휴직했고, 내 전임자는 3개월 만에 스트레스로 시력에 이상이 생겼다며 퇴사했다. 그런 사례들을 보며 각오를 단단히 했다. 트집 잡히지 않으려고 일을 더 꼼꼼히 하고자 노력했다. 그러던 중 그런 말을 들은 것이다. 큰 실수를 한 것도 아니었다. 그가 설명한 내용을 다시 확인하려고 하자 그렇게 말한 것이다. '머리가 나쁜 것 같다'라니. 사람을 깔아뭉개는 발언이었다. 저열한 폭언이었다. 해외 출장 중인 그의 시간에 맞춰 컨펌을 받느라 밤 11시쯤 통화를 하던 중이었다. 그 말을 듣고 나는 완전히 녹다운이 되어버렸다. 그날 밤엔 너무 슬퍼서 잠들지 못했다.

그를 미워하지 않았다고 하면 거짓말이다. 한동안 그와 연락을 해야 할 때가 되면 머리가 묵직해졌다. 무례한 것도 어느 정도여야지 이렇게 안하무인인 사람에게, 이렇게 권력 관계가 철저한 사람에게 내가 어떤 대응을 할 수 있겠는가. 설령 대응한다 한들 그는 끄떡도 하지 않을 것이었다. 아무것도 할 수 없다는 사실이 나를 괴롭혔다. 그 외에도 그가 나를 '길들이기' 위해 공격적으로 말할 때마다 위축됐다. 자기가 생각해도 좀 심하게 몰아붙였다고 생각된 다음에는 다른 사람들 앞에서 나를 크게 칭찬했다. 나는 점점 애완견처럼 그의 기분이 어떤지 살피게 됐다. 그가 나를 칭찬한 날에는 온종일 기뻤고, 화를 내면 오랫동안 우울한 기분으로 침잠했다.

그가 한 말들이 자꾸만 그림자처럼 따라다니기 시작하던 중, 평소 좋아하던 법륜스님의 강연을 접하게 됐다. 한 여학생이 스님에게 고민을 상담했다. "스님, 어떤 사람이 저에게 상처를 준 게 자꾸 생각나요. 고등학교 때 학교 폭력을 당했거든요. 저는 아무 이유 없이 욕을 들었는데 남자라서 때릴까 봐 욕도 못 하고 가만히 있었어요. 1년이 지났는데도 자꾸 생각나서 괴로워요." 내 이야기 같아서 마음이 시렸다. 스님이 물었다. "길을 가는데 갑자기 누가 자기에게 뭘 주고 갔어요. 선물인 줄 알고 열었는데 안을 보니

쓰레기예요. 그럼 질문자는 어떻게 하겠어요?" 질문자가
말했다. "그냥 쓰레기통에 버리겠죠."

스님이 이어 말했다. "나쁜 말은 말의 쓰레기입니다. 말
이라고 다 같은 말이 아니고, 그중 쓰레기가 있다는 거예
요. 그런데 질문자가 가만히 있었는데 그 사람이 쓰레기를
던졌어요. 그러면 쓰레기인 걸 깨달았을 때 그 자리에서 쓰
레기통에 탁 던져버리면 됩니다. 그런데 질문자는 그 쓰레
기를 주워서 1년 동안 계속 가지고 다니며 그 쓰레기봉투
를 자꾸 열어보는 거예요. '네가 어떻게 나한테 쓰레기를
줄 수 있어' 하면서 그걸 움켜쥐고 있는 거죠. 그 사람은 그
쓰레기를 버리고 이미 가버렸잖아요. 질문자도 이제 그냥
버려버리세요."

한 번에 되지는 않았지만 내가 받은 말의 쓰레기도 버리
려고 노력했다. 무엇보다 그럴 가치가 없는 사람이 나의 감
정을 틀어쥐고 있다는 것이 너무나 불쾌했다. '너는 쓰레기
를 줬지만 나는 받지 않았어. 그럼 그건 네 거지 내 것이 아
니야'라고 생각하려 애썼다. 그와 업무를 함께 하는 건 어
쩔 수 없지만, 휘둘리지 않으려고 마음속에 금을 그어두고
그를 대했다. 그러자 그의 말에 일희일비하는 정도가 줄어

들기 시작했다. 그가 나를 비난하든 칭찬하든 그건 내 것이 아니라고 생각하자 상처를 덜 받게 된 것이다. 그가 어떤 말을 하더라도 별다른 동요 없이 "네, 알겠습니다" 하고 돌아서서 잊었다.

사람들은 와이파이처럼 은연중에 에너지와 기운을 주고받게 되어 있다. 나의 그런 모습에 담당자는 당황하면서 나를 만만치 않은 사람으로 느끼는 듯했다. 인정을 갈구하지 않게 되자 그는 되려 나를 의식하기 시작했고, 존중하기 시작했다. 이전에 그가 본 '을'이라면 이 정도 길들이기를 했을 때 쩔쩔매면서 그가 원하는 모습으로 바뀌었겠지만 나는 그런 사람이 아니었다. 시간이 지나자 우리는 완벽하진 않지만 파트너로서 일하는 모습으로 균형을 맞춰갔다. 그는 나와 우리 회사에 크게 만족하면서 앞으로도 계속 일해달라고 요청했다. 그렇게 2년을 함께 일한 후 우리는 산뜻하게 서로 고마워하며 헤어졌다. 나는 이제 그를 떠올려도 아무 느낌을 받지 않는다.

가끔 일상에서 쓰레기를 휙 던지고 가버리는 사람들이 있다. 웃거나 정색하면서 대응할 수 있는 사람도 있겠지만, 어찌할 수 없이 무기력해지는 사람도 있다. 권력 관계가 확고할 때, 도저히 말이 통하지 않는 사람일 때 우리는 상처 받은 마음을 안고 오랫동안 곱씹는다. 아무것도 하지 못했기 때문에, '이렇게 저렇게 말했어야 했는데…' 하면서 후회하고 또 후회하는 것이다. 그렇게 괴로워하는 사람들에게 이 방법을 추천해주고 싶다. 재활용도 안 되는 쓰레기는 울면서 들고 있지 말고 미련 없이 쓰레기통으로 보내버리는 것이다.

자존감 도둑 떠나보내기

학년이 올라가 반이 바뀔 때마다 친구를 새로 사귀는 것에 부담감을 넘어 공포감을 느끼곤 했다. 정도의 차이는 있을지라도 이런 경험은 누구나 해봤을 것이다. 단짝 친구와 친구들 무리에 계속 소속되기 위해 얼마나 많은 거짓말을 했던가. 어릴 때 나는 친구가 인생에서 많은 부분을 차지했기 때문에 나의 기쁨과 슬픔도 대부분이 그들에게서 왔다. 초등학교 때는 아이들끼리 서로 돌아가며 한 번씩 왕따를 시키곤 해 무리에서 내쳐지지 않기 위해 얼마나 노력했는지 모른다.

대중매체의 영향으로 '평생 친구'라는 말에 너무 오래 매여 있었다. 어떤 상황에서도 관계를 지키는 것이 '의리'라고 생각했다. 하지만 이제는 관심사가 달라져서 만나면 예전 이야기밖에 할 게 없고, 깊이 있는 대화를 하지 못한다. 돌아올 때는 늘 씁쓸하면서도 집에 와서 카톡방에 이런 말을 쓰곤 했다. "오늘 너무 재밌었어. 담에 또 보자."

연애도 마찬가지였다. 이 사람이 나를 힘들게 한다는 걸 알면서도 '이렇게 오래 만났는데', '섭섭하게 생각하는 내가 이기적인 거겠지' 같은 생각을 하며 관계를 이어나갔다. 그러나 세상에는 내게 빨대를 꽂은 것처럼 에너지를 뺏어가는 사람들이 있다. 즉 '자존감 도둑'들이다.

> 사람은 사람과 함께 있어 보다 커지는 경우도 있다. 내가 좋아하는 것을 같이 봐 주는 사람이 있다, 그 하나로도 나는 운전을 아무리 오래 해도 좋고 저금이 바닥나도 좋다는 기분이 들었다.

요시모토 바나나의 책 《바다의 뚜껑》에 나오는 말이다. 나는 첫 번째 문장을 뒤집어보았다. '사람은 사람과 함께 있어 보다 작아지는 경우도 있다.' 좋은 관계에서는 나의 존재감이 커지고 무엇이든 할 수 있을 것처럼 용기가 나지만, 나쁜 관계에서는 쪼그라들고 소심해진다. 과거로 돌아가면 이런 이들과 꾸역꾸역 만나고 있는 나에게 이렇게 말해주고 싶다. "그 사람과 헤어져. 당장은 어렵다면 일단 거리를 둬."

관계에서 불행을 느끼면서도 헤어지지 못하고, 그로 인해 더욱 자존감이 낮아져 나중에는 헤어질 엄두조차 내지 못하는 사람들을 주변에서도 종종 보았다. 특히 부모, 친구, 연인, 직장 상사 순으로 나이를 먹을 때마다 자신을 휘두르려는 사람이 바뀌어간다. 삶의 어느 한때에 관계에서 주도권을 잡아본 경험이 없으면 성장의 과정에서 만나는 사람들에게 자꾸만 휘둘리게 된다. 만날수록 해악이 되는 자존감 도둑들이다.

첫 번째는 나를 감정 쓰레기통 삼는 사람이다. 부모와 자식 간, 특히 감정적으로 깊이 교류하는 엄마와 딸의 관계에서 특히 이런 경우가 많다. 남편과 싸울 때마다 딸에게 남편 욕을 하고, 남편을 습관적으로 비난하면서 딸이 자신의 감정을 받아줘야 한다고 생각하는 엄마들을 많이 보았다. 자식이 그런 이야기를 듣지 않으려 하면 '지 애비랑 똑같다', '이기적이다'라며 비난하기도 한다. 그러나 자식은 부모의 감정받이를 하려고 태어난 게 아니다. 그런 부모 밑에서 자라왔다면 어릴 때는 어쩔 수 없더라도 성인이 되면 최대한 빠르게 독립해야 한다. 그러지 않으면 이를 볼모로 한 정서적 협박에 시달려 원하는 인생을 살지 못하게 된다. 친구나 연인 관계에서도 항상 하소연만 하거나, 내 이야기를 꺼내도 금세 자기 얘기로 돌아가 버리는 사람들이 있다. 뭔가 일이 있어서 일시적으로 그런 게 아니라 항상 그런 사람이라면 최대한 거리를 두는 것이 좋다. 그런 이들은 성숙하지 못하다. 자신의 불행에만 함몰되어 당신을 존중할 여력이 없다.

두 번째로, 걸핏하면 "난 원래 그래"라고 말하는 사람과도 오래 관계하면 부작용이 생긴다. 관계란 애초에 누군가 참기만 하는 것이 아니라 서로 원하는 것을 주고받는 것이다. 당연히 서로 맞지 않는 부분이 생길 수 있고 갈등이 일어날 수 있다. 사람과의 관계는 좋을 때가 아니라 좋지 않을 때 민낯이 드러나기 마련이다. 서로의 이해관계가 다를 때 "난 원래 그래"라고 말하는 사람은 자기중심적이며 공감 능력이 떨어져 다른 사람에게 피해를 준다. 이 말에는 '그러니 네가 이해해야 한다'라는 뒷말이 생략되어 있다. 관계란 서로 노력해야 하는 것임을 알고 있는 사람은 이런 말을 하지 않는다. 또한 자신이 원래 그렇다고 말하는 이들은 권력 관계에서 자신이 갑이라는 사실을 잘 알고 있기에 이를 악용하는 행태를 보인다.

세 번째로, "난 뒤끝은 없잖아", "내가 좀 사차원이잖아"라고 말하는 사람도 조심해야 한다. 이런 말을 하는 사람들은 대개 생각나는 대로 내뱉는다. 아무렇지 않게 남을 지적하고 비난한다. 이것이 '솔직한 의사 표현'이라고 생각한다. 하지만 다른 사람들이 가식적이라서 그에게 '싸가지 없다'고 말하지 않는 것이 아니다. 사람 관계에는 서로 지켜야 하는 선이 있고, 그것이 상대에 대한 예의라는 걸 알기 때문에 조심하는 것이다. 이들은 자신의 행동에는 관대하고 남에게는 심하게 비판적인 이중성이 있는 경우도 많아서 주변 사람을 힘들게 한다. 남은 자주 비난하면서 자신이 받는 비난에는 이성을 잃고 분노한다. 그런 이를 옆에 두면 자꾸만 지적당해 자존감이 낮아지면서도 해야 할 말을 하지 못해 속으로 억울함만 쌓이게 된다.

어른이 되어서 좋은 것 중 하나는 싫은 사람을 덜 봐도 되는 것과 친구에 덜 연연하게 된다는 것이다. 좋은 사람을 만나며 깊이 있는 관계를 맺기도 하고 나쁜 관계 속에서 내가 어떤 모습을 보이는지도 관찰해보니, 행복감은 관계의 양이 아니라 질이 결정한다는 걸 알게 되었다. 깊이 있는 관계는 함께한 시간과 비례하는 것이 아니다. 이제 나는 인간관계에서 무리하지 않는다. 알고 지낸 지 오래됐지만 만나는 것이 불편해지기 시작하면 당분간 만나지 않고, 뾰족한 말을 던지는 사람에게는 여러 번 경고하다 정도가 심해지면 관계를 끊는다. 그러면서 좋은 사람을 최대한 옆에 두기 위해 노력하다 보니 어느새 더 좋은 사람들이 다가오곤 했다. 나 또한 모든 관계는 변할 수 있다고 생각하니 자꾸 노력하게 된다.

정현종 시인의 시 〈방문객〉에는 이런 구절이 있다.

사람이 온다는 건
실은 어마어마한 일이다.
그는
그의 과거와

현재와

그의 미래와 함께 오기 때문이다.

　우리는 관계하는 모든 사람에게 영향을 받고 그 영향을 다음 사람에게 옮긴다. 사람이 사람에게 주는 영향은 실로 어마어마하다. 그러니 보석함에 보석들을 골라 담듯 얼마나 신중해야 하는지. 난 언제나 주변 사람 때문에 울고 있는 친구들을 보면 다가가 이렇게 말해주고 싶었다. "그 사람보다 네가 훨씬 더 소중해. 옆에 있으면 울게 되는 사람 말고 웃게 되는 사람을 만나."

가정부 되려고
결혼한 건 아니에요

"싸우더라도, 아무리 화가 나는 일이 있더라도 남편 아침밥은 꼭 챙겨주겠습니다." 결혼식 장에서 신부가 서로에 대한 맹세를 낭독하는 걸 들었다. 그 대목에서 사람들은 웃으며 손뼉을 쳤지만 나는 얼굴이 굳어졌다. 머릿속에 여러 질문이 이어졌다. '맞벌이를 하는데 왜 여자만 남편 아침밥을 꼭 챙겨주어야 하지?', '어째서 무슨 일이 있더라도 해야 하는 1순위가 밥 차려주는 일이어야 하지?' 신랑은 그런 맹세를 하지 않는데 말이다.

알고 있다. 내가 아는 그 신부는 선량하고 다정한 사람이다. 그녀는 그저 사랑하는 남편을 잘 챙겨주겠다는 순수한 마음으로 그런 말을 했을 것이다. 나는 그녀의 남편도 전부터 봐왔는데, 그 이야길 들으며 활짝 웃던 그도 특별히 가부장적인 사람은 아니다. 같은 공간에서 고개를 끄덕이는 양가 부모님도, 손뼉을 치는 하객들도 '좋은 마음'으로 따스하게 생각했을 것이다. 남들도 다 그렇게 하니까, 화목하고 원만한 가정은 대개 그런 모습이니까.

하지만 '지옥으로 가는 길은 선의로 가득 차 있다'라는 말처럼 일상에서 일어나는 부조리가 대부분 이런 식이다. 평범한 사람들이 남들이 하는 걸 보고 배운 대로, 좋은 의도로, 사람을 차별하고 편견을 갖고 악습을 되풀이한다. 가정 폭력 같은 범죄는 피해자와 가해자가 명확해 문제의식이 쉽게 공유되므로 해결 방법을 공동체가 함께 찾아나간다. 하지만 남녀차별 같은 이슈는 전통이니 의례니 하는 미명하에 약자의 희생과 평범한 사람들의 방관을 양분으로 삼아 일상에 깊고 치밀하게 뿌리내린다.

극사실주의 웹툰'이라는 별명을 가지고 있는 〈며느라기〉는 갓 결혼한 주인공 민사린을 주인공으로 하여 남편 무구영과 시댁을 배경으로 일어나는 일상을 그린다. 이들은 서로를 챙기고 걱정하며 각자의 자리에서 최선을 다한다. 겉으로 보기에 이 가족은 별문제가 없는 듯하지만 그 속을 자세히 들여다보면 불합리가 곳곳에 곰팡이처럼 슬어 있다.

며느리 민사린은 찬밥이나 남은 밥을 '먹어치우며', 시어머니한테서 남편 아침밥을 차려줘야 하니 출장을 안 가면 안 되겠느냐는 질문을 받고, 남자들은 방에서 술을 마시는데 제사 준비 내내 부엌을 떠나지 못한다. 시어머니는 민사린을 미워해서가 아니라 자신도 그런 삶을 살아왔기에 이런 풍경이 당연하다고 생각한다. 또 남편 무구영은 집안에 분란을 일으키지 않고 부모님이 좋아하는 모습을 보여주길 원하는, 그러기 위해선 어느 정도 아내가 희생하기를 바라는 한국의 '평범한' 남자일 뿐이다.

〈며느라기〉는 이런 현상이 문제라고 주장하거나 선과 악을 대비하여 악인을 비난하는 방식으로 이야기하지 않는다. 그는 다만 어디에나 있을 법한 일상의 장면을 뚝 떼어다가 보여줄 뿐이다. 그도 그럴 것이, 가정 내에 만연한 차별의 문제는 이 세상의 시스템 속에서 자기 '역할'에만 충실했던 사람들이 만들어내는 비극이니까.

독자들은 민사린의 일상에서 자신의 모습을 발견하고, 무언가 이상한 점을 찾아낸다. 그리고 이건 아닌 것 같다고 이야기하기 시작한다. 그저 살아가는 게 아니라 잘 살기 위해선 '원래 그런 것'들에 질문을 던져야 한다는 걸 깨닫는 것이다.

"남편에게 아침밥 잘 차려주시나요?" 같은 질문을 받으면 나는 우선 미소를 짓는다. 그의 의도를 안다. 나쁜 마음으로 질문한 게 아니다. 전제 자체가 잘못됐음을 모르는 그를 공격하고 싶지 않다. 하지만 내가 이 질문을 피하거나 그의 기대에 부응하고자 "예"라고 한다면, 그는 다른 곳에 가서도 비슷한 질문을 할 것이다. 그래서 나는 이렇게 대답한다.

"저는 가정부 되려고 결혼한 건 아니어서요. 그리고 남편도 딱히 아침밥 때문에 저와 결혼한 건 아닐 거예요."

약간은 돌아이가 되면 편해

나에게는 좋지 않은 순간에도 적극적으로 웃음 포인트를 찾아내는 특기가 있다. 살다 보면, 웃긴데 슬프다는 뜻의 '웃프다'라는 표현이 딱 들어맞는 경우가 참 많다. 그런 상황을 두고 농담을 하다 보면 주어진 상황이 조금은 덜 심각하게 느껴진다. 이는 그만큼 거리를 두게 됐다는 것이기 때문에 마음 상태가 나아졌음을 파악하는 척도가 되기도 한다.

힘든 일상에서 숨통을 틔워주는 게 유머라고 생각하기에 자주 농담을 하는 편이다. 교통사고로 온몸을 다쳐 꼼짝

없이 누워 있어야 했을 때 의사의 캐릭터를 관찰하면서 농담을 많이 하곤 했다. 하반신의 감각이 없어 언제쯤 괜찮아지냐고 묻는 내게 담당 정형외과 선생님은 "1 더하기 1이 2라는 걸 자꾸 설명하게 하지 마세요. 잘 안 돼도 약간 다리를 절면 되는데 뭐가 문제예요?"라고 해서 한동안 내 농담의 소재가 됐다. 병간호를 해주는 사람들에게 그 의사 말투를 흉내 내면서 "1 더하기 1이 2라는 걸 자꾸 말해야겠어요?" 하고 함께 웃었는데 그런 식으로 웃을 거리를 찾아내지 않았다면 조금 더 오래 슬퍼했을 것 같다.

특히 현실을 약간 비틀어 풍자하거나 엉뚱한 소리를 하는 식의 개그를 곧잘 하는 데 그런 말을 자꾸 하다 보면 '돌아이' 비슷한 캐릭터가 생기게 된다. '웃긴 사람'이라는 포지션을 취하고 나니 장점이 많았다. 특히 정색하고 솔직히 말하기 힘든 관계에서 농담처럼 진심을 섞으니, 분위기가 나빠지지 않으면서 원하는 것은 얻어내는 경우가 종종 생기곤 했다.

코미디언 김숙의 신인 시절 에피소드를 재미있게 들으면서, 나와 비슷한 일화가 많다고 생각했다. 김숙은 신인 시절 선배들이 부당한 지시를 하면 하기 싫다는 걸 표현하려고 일부러 엉뚱한 소리를 하곤 했다고 한다. 선배들 아이스크림을 사 오라는 말에 "난 아이스크림 싫어하는데"라고 하거나 선배들에게 "곱게 늙으셨어요" 하는 식의 농담을 해 선배들이 돌아이 같다고 했다는 것이다.

나 또한 권위적이거나 시대착오적인 발언을 하는 사람을 보면 "혹시 지금이 몇 년도인가요?" 같은 농담을 한다. 또 회사 상사가 퇴근 시간 이후에 전화를 하면 전화를 받자마자 "고용노동부에 신고할 겁니다. 조만간 딱지 받으실 거예요"라고 하기도 한다. 평소에도 농담을 많이 한다는 이미지를 갖게 되면 그런 농담을 하더라도 사람들이 기분 나빠하지 않고 '쟤는 원래 저런 아이', '솔직한 아이'라고 생각하면서 은연중에 자신들의 태도를 한 번 더 점검하는 것 같다. 나 또한 후배들에게 정색하고 지적을 받았을 때보다 농담 섞인 지적을 받았을 때, 기분 나쁘지 않은 채로 개선점을 생각하게 되어 좋았다. 농담을 잘하는 가장 기본적인 요령은 요즘 뜨는 유행어를 적재적소에 써먹는 것이다. 요즘엔 유행어의 수명이 짧아 빨리 바뀌기에 트렌드를 잘 체크해야 한다.

기본적으로 표현은 생생하고 구체적으로 하는 것이 좋

다. 비슷한 뜻이라도 생생한 표현을 쓰면 훨씬 표현이 재미있어진다. "생각 좀 하고 말해주세요"는 "전두엽 좀 거치고 말해주세요"로 바꾸는 식이다. 머리가 헝클어진 사람에게 "너 누구 닮았는데… (뜸 좀 들이고) 아, 서울로 가는 전봉준!"이라고 하는 식의 표현은 공감각적 상상이 되어서 더 재미있게 느껴진다. 시간상으로 무리한 요구를 하는 클라이언트에게 "당연히 그때까지 가능합니다. 잠은 죽어서 자면 되니까요" 하고 농담을 한 적도 있다.

단, 상대의 콤플렉스일 수 있는 것은 절대로 건드려서는 안 된다. 키 작은 사람에게 키에 대한 농담을 한다거나 과체중인 여성에게 체중 이야기를 농담의 소재로 삼는 건 금물이다. 다들 생각은 하지만 말은 못 하는 상황에 대한 유머 포인트를 집어내거나, 자신을 소재로 농담을 시작해야 함께 웃을 수 있다. 그렇게 농담을 자주 하다 보면 스스로도 상황을 너무 심각하게 생각하는 습관에서 빠져나오기 쉽고, 사람들도 나를 편하게 대하기에 불편한 메시지를 정색하지 않고도 잘 전달할 수 있다.

농담에는 대범함이 필요하다. 농담을 하다 보면 그동안 눈치를 보느라 하고 싶은 말을 얼마나 많이 참아왔는지 깨닫게 된다. 우리는 지나치게 남들의 눈치를 보면서 남들의 작은 행동에 의미를 부여하지만, 사람은 결국 자신이 보고 싶은 것만 보는 법이다. 재미있는 농담을 하지 못했더라도 "항상 웃길 순 없지. 계속 웃기면 뭐, 내가 개그맨이게?" 하고 넘어가는 자신에 대한 관대함이 있어야 지속할 수 있다. 이처럼 유머 감각을 키우는 것은 적극적인 자기표현과도 관련이 있으니 적극적으로 연습해보길 권한다.

자존감을 높이는 섹스

'첫 경험'을 주제로 섹스에 관한 기사를 쓴 적이 있다. 특이한 것은 취재로 만난 이들 중 다수가 첫 경험을 부정적으로 기억하고 있다는 것이었다. 그들은 대부분 "절대로 그 사람과는 하지 않겠다", "분위기에 휩쓸려 하지 않겠다", "술에 취해 하지 않겠다"라고 이야기했다.

여성들은 첫 경험을 할 때 분위기에 휩쓸려서, 연인에게 "No"라고 하기가 어려워서 응하곤 한다. 그 때문에 첫 경험이 자존감을 높이는 데 도움이 되는 것이 아니라 오히려 자존감에 상처를 준다. 미국 펜실베이니아 주립대의 에바 레프코위츠 박사는 대학생 연령대의 남자는 처음 성관계를 가진 후 자기 외모에 대한 만족감이 높아지지만, 같은 연령대의 여자는 첫 경험 후 만족도가 떨어졌다는 연구 결과를 내놓았다.

뉴욕 유니언 신학대학의 현경 교수는 대학생일 때 당시 사귀던 남자 친구가 관계를 요구하자 성에 대해 공부를 시작했다. 그녀는 '내가 좋아서 한다', '자진해서 한다', '사랑하는 사람과 한다', '상호 동의에 의해서 한다' 등의 주체적 규범을 직접 만들고 스스로 완벽히 준비가 됐다는 생각이 들자 섹스를 했다. 그렇게 첫 경험을 한 남자와 결혼했는데, 남편은 결혼 전에 자신과 섹스를 했다며 정조관념이 없는 여자라고 비난하기 시작했다. 이에 대해 그녀는 책《미래에서 온 편지》에서 이렇게 썼다.

"만약 내가 그의 논리에 몰려 섹스를 했다면 화가 나서 펄펄 뛰었겠지만 그가 뭐라 하건 내 온전함은 그가 건드릴 수 없었다. 내가 최선을 다해 내린 결정이었으니까."

심지어 현경 교수는 대학 때 그 선택을 한 것이 삶에서 좋은 모델이 됐다고도 했다. 힘든 판단을 할 때마다 용기 있던 그때의 경험을 떠올리며 힘을 얻었다는 것이다.

그처럼 섹스는 자존감의 문제와도 깊이 연관되어 있고, 그 결정이 이후 인생에 큰 영향을 끼치기도 한다. 준비가 되지 않았음에도 거절하면 상대가 실망할까 봐 섹스에 응했다는 여성들을 아직도 주변에서 많이 만난다. 하지만 자신의 몸조차 자신의 판단으로 결정할 수 없다면 도대체 무엇을 자기 힘으로 결정할 수 있을까? 첫 경험조차 남자의 요구에 응해주는 식으로 행동한다면 이후에도 섹스에 대한 생각은 '나한테 질리지 않을지', '나를 쉬운 여자라고 생각하지 않을지'처럼 수동적인 방향으로만 흐르게 된다. 특히 여자들은 섹스에 관해서 자신의 느낌을 충분히 표현하지 않는다. 하지만 섹스가 끝났을 때 충만감이 느껴지지 않는다면 그 섹스는 상대가 자신의 욕망에만 충실했다고 할 수 있다.

"전 남자 친구는 섹스할 때 제가 아프다고 하면 '조금만 참아'라고 했어요. 그런데 지금 남자 친구는 제가 아프다고 하니 '아프면 그만하자'면서 안아주더라고요. 이렇게 배려받는 경험은 처음이었어요"라고 말한 친구가 있었다. 그는 자신을 소중하게 대하는 지금의 남자 친구를 만나서 자존감이 높아졌다고 했다. 여자들은 특히 섹스에 관한 한 이기적으로 행동할 필요가 있다. 콘돔 없이는 섹스할 수 없고, 내가 준비되지 않았을 때는 하지 않는다고 입장을 정확히 전하자. 만약 그렇게 행동했는데 남자가 당신을 비난하거나 이해하지 못한다면, 그 연애는 그만두는 것이 좋겠다. 그는 당신의 사랑을 받을 가치가 없다.

PART 5

무례한 사람에게
웃으며 대처하는 법

무례한 사람에게
웃으며 대처하는 법

        살다 보면 무례한 사람을 만나기 마련이다. 그들은 내게 상처를 주고 당혹감을 안기며, 기껏 붙잡고 사느라 힘든 자존감을 뒤흔들어 놓는다. 그들을 처음 봤을 땐 엉엉 울기만 했는데, 계속해서 마주하는 동안 나름의 대응법이 생겨났다. 그들을 만났을 때 내가 대처하는 방법에는 여러 가지가 있다.

    첫 번째는 문제가 되는 발언임을 상기시켜주는 것이다. 우리는 자유롭게 말할 수 있지만, 다른 이의 인권을 침해하지 않는 범위 내에서만 그렇다. 누군가 그 선을 넘었을 때

경고하는 것은 언어 폭력에 대처하는 가장 기본적인 방식이다. 편견이 심한 말을 들었을 때, 흥분하지 않고 "제3자가 듣는다면 오해하겠는데요?"라고 말하거나 "당사자가 들으면 상처받겠네요"라고 하는 것이다. 여기서 중요한 것은 감정을 싣지 않고 최대한 건조하게 말하는 것이다.

두 번째는 되물어서 상황을 객관화하는 것이다. 상황을 이해 못 한 것처럼 천진난만하게 되물으면 더욱 좋다. 예를 들어 누군가 농담이라며 "저 사람은 얼굴이 참 이타적이네"라고 한다면 "아, 저 사람이 못생겼다는 뜻이죠?"라고 되묻는 것이다. 그렇게 물어보면 상대는 순간적으로 머쓱해하며 자신의 표현을 점검할 것이다.

세 번째는 상대가 사용한 부적절한 단어를 그대로 사용해 들려주는 것이다. 예를 들어 누군가 "영감탱이는 욕이 아니라 친근한 표현이라서 썼다"고 한다면, "저도 친근하게 영감탱이라고 불러도 될까요?" 하고 응수할 수 있다. 상대가 사용한 논리를 그대로 가져와 돌려줄 수도 있다. "가슴이 작은데 왜 브래지어를 해?" 하고 묻는 남자에게 "그럼 오빠는 왜 팬티 입어?"라고 할 수 있듯 이상한 논리로 상대를 공격하는 사람에게는 역지사지를 경험하게 할 필요가 있다.

네 번째는 무성의하게 반응하는 것이다. 육아 전문가들은 아이에게 여러 번 설명했음에도 계속해서 소리를 지르거나 떼를 쓴다면 달래주지 말라고 조언한다. 아무 말도 하지 않고 가만히 쳐다만 보거나, 하던 일을 멈추고 그 자리를 떠나는 것도 방법이라고 한다. 지지받지 못하는 상황을 마주했을 때 아이가 상황을 스스로 판단해서 멈추게끔 하는 것인데, 이 원리는 어른에게도 유효하다. 메신저에서 벗어나고 싶은 상황을 마주한다면 "ㅎㅎ" 또는 "그러쿤" 정도로 답해 대화를 중단시킬 수 있다. 정도가 심하다면 아예 메신저를 읽지 않거나 읽었어도 답을 해주지 않는 것이 좋다. 직접 만난 상황이라면 "그렇게 생각하시는군요", "넹" 정도의 표현만 의도적으로 반복하는 것으로 의사를 표현할 수 있다.

다섯 번째는 유머러스하게 대답하는 것이다. 시대착오적인 말을 들을 때 특히 유효한데, 누군가 가부장적인 편견이 가득한 말을 할 때 "우와, 조선 시대에서 오셨나 봐요. 상평통보 보여주세요!" 하고 받아치는 식이다. 애정은 없고 자기 자랑만 있는 잔소리를 들으면 "요즘은 잔소리하려면 선불 주고 해야 한다던데요?"라고 하거나 "저희 부모님도 30년 동안 노력하다 포기하셨는데 어떻게, 가능하시겠어요?" 하고 농담하듯 받아치면 상대도 더는 말을 이어가기 힘들 것이다. 말이 길어질 것 같으면 "그건 제가 알아서 할게용" 하고 화제를 돌리는 것도 좋다. 단, 농담을 자연스럽게 하는 데는 내공이 좀 필요하므로 경험치가 좀 쌓인 후에 시도하길 추천한다.

나에게 피해를 주는 사람들을 자꾸 참으면 내가 무기력해진다. 무례한 사람을 만난다면 피하는 게 능사가 아니다. 나만의 대처법을 갖춰야 한다. "다들 괜찮다는데 왜 너만 유난을 떨어?" 하는 사람에게 그 평안은 다른 사람들이 참거나 피하면서 생겨난 가짜임을 알려주어야 한다. 인류는 약자가 강자에게 "아무리 그래도 이건 아니지 않나?"라고 함으로써 이전 세대와 구별되는 문화를 만들어냈다. 부당함을 더는 참지 않기로 하는 것, 우리가 살고 싶은 세상은 이런 것이라 말하기를 멈추지 않는 것. 세상의 진보는 지금까지 그렇게 이루어져 왔다.

나에게 피해를 주는 사람들을 자꾸 참으면 내가 무기력해진다.
무례한 사람을 만난다면 피하는 게 능사가 아니다. 나만의 대처법을 갖춰야 한다.

흠집이 아니라 생활 기스다

대학교 1학년이던 4월, 싸이월드 다이어리에 이렇게 썼다. "내 인생의 봄은 끝났다."

고등학교 때부터 만난 남자 친구에게 차인 날이었다. 지금 생각하면 실소가 나오지만 그때는 진지했다. 심각한 문제가 있었던 게 아니라 그저 어려서 내 감정을 표현하는 일이 서툴렀고 이성을 대하는 법을 잘 몰랐을 뿐이다. 그건 동갑이던 상대도 마찬가지였다. 그가 특별히 나쁜 사람이었던 것은 아니다. 그런데 그가 "그만 만나자"라고 하는 순간 나는 모든 것이 미워졌다.

'내 인생의 봄은 끝났다'라고 썼을 때 정말 내 인생의 봄이 끝났던가? 당연히 아니다. 어떤 일은 시간이 지나야만 선명하게 보인다. 스무 살에 당면한 문제들은 대부분 내 인생 최초의 것들이었고, 그래서 어려웠고, 체감하는 온도도 너무 높았다. 다른 사람들은 온탕에서 여유로운데 나 혼자만 열탕에서 땀을 뻘뻘 흘리고 있는 것 같았다.

연애뿐 아니라 부모님과의 관계에서도 마찬가지였다. 한동안 부모 잘못 만나서 행복할 수 없다는 생각에 사로잡혔고, 그 생각에서 벗어나지 못했다. 부모에 대한 이상형이 있었는데 현실에서는 그 기대가 충족되지 않았다. 어린아이에게는 부모가 단 하나의 세상이다. 그 세상에서 사랑받지 못하거나 이해받지 못한다는 느낌이 오래 지속되면 그 결핍이 자기연민, 극도의 인정욕구, 정서적 불안 등으로 나타나기도 한다.

부모에 대한 부정적 생각은 나 자신을 긍정할 수 없게 했다. 내 성격이 비뚤어진 이유, 자존감이 없는 이유도 모두 부모 때문인 것 같았다. 사람들을 만나 나에 대한 이야기를 할 때 부모가 내게 상처 준 이야기를 많이 했다. 내가 들었던 부정적인 말들도 지나치게 오래 곱씹었다. 하지만 이미 일어났고 내가 어찌할 수 없었던 일에 대해서 끝없이 말하고 있을 수는 없다. 성인이 되어서조차 어릴 때 상처받았던 이야기를 하며 울고 있기엔 인생이 너무 아깝지 않은가.

부모님에게서 심리적으로 독립하겠다고 마음먹고 찬찬히 살펴보니, 내게서 부모님을 덜어내더라도 큰 문제가 생기진 않을 것 같았다. 아니, 오히려 꽤 괜찮은 부분들이 있었다. 괜찮은 부분은 처음부터 있었는데 내가 상처받았다는 생각, 그 상처가 너무나 크다는 생각, 실수가 아니라 실패했다는 생각에 사로잡혀 나 자신을 제대로 보지 못했다는 게 더 맞을 것이다. 상처에 집중하다 보면 본래의 성질을 잊게 되니까.

남편과 결혼반지를 맞추러 갔을 때 일이다. 점원이 14K로 할 것인지, 18K로 할 것인지 물었다. 설명을 하던 중 점원은 이렇게 말했다. "아무래도 18K가 금 함량이 더 높으니까 생활 기스가 좀 더 날 순 있지요. 그래도 결혼반지는 보통 18K로 많이들 하세요. 가격 차이는 약간 있어요."

이때 들었던 '생활 기스'라는 말이 마음에 남아 정확한 뜻을 검색했더니 '사용하다 보면 어쩔 수 없이 가구나 가전제품 따위에 생기게 되는 흠집'이라고 쓰여 있다. 쓰다 보면 어쩔 수 없이 생기는 흠집이라니! 나는 이 담대한 표현이 좋아졌다. 이에 비해 '흠'은 '어떤 물건의 이지러지거나 깨어지거나 상한 자국, 어떤 사물의 모자라거나 잘못된 부분, 사람의 성격이나 언행에 나타나는 부족한 점'이라는 뜻을 가지고 있다.

흠이든 생활 기스든 생채기가 난 건 똑같지만 그걸 어떤 시각으로 보느냐의 차이라고 나는 이해했다. 사람도 마찬가지가 아닐까? 상처받지 않는 무균실의 환경이란 건 있을 수 없으니, 누구에게나 흠이 나 있을 것이다. 잘 해보려고 했지만 어쩔 수 없이 상처를 주고받게 되는 일이 부지기수다. 보석함에 고이 모셔두지 않은 이상 매일 끼고 있는 반지라면 생활 기스를 피할 수 없듯, 살아가는 일에서 상처를 피할 순 없다. 더욱이 열심히 살아온 사람일수록 더 많은 상처가 있는 법이다. 실패에서 오는 괴로움을 그렇게 이해하면 스스로를 좀 더 편안하게 볼 수 있지 않을까. 그건 그냥, 거대한 흠이 아니라 자잘한 생활 기스들인 거다.

나는 걸을 때 약간 절뚝거린다. 교통사고로 다리를 다친 이후 그렇게 되어버렸다. 처음에는 내가 걸으면 사람들이 모두 쳐다보는 것 같았다. 재활운동을 할 때도 부끄러워서 그만두고 싶은 순간들이 있었다. 다시는 사고가 나기 전으로 돌아갈 수 없다는 생각에 밤마다 울었다. 하지만 언제까지나 울고 있을 수는 없다. 언제까지나 걷지 않을 수도 없고 말이다. '에라, 모르겠다, 좀 절뚝거리면 어때!'라고 생각하자 걷는 것이 그렇게 스트레스로 느껴지지 않게 됐다. 남에게 신경을 덜 쓰고 열심히 걷다 보니 이제는 더 좋아졌다.

그러고 보면 인생에는 아주 약간의 '어쩔 수 없지' 하는 체념이 필요한 것 같다. 온 힘을 다했지만 뜻대로 되지 않았을 때, 그로 인한 상처는 살아 있기 때문에 어쩔 수 없이 생긴 생활 기스 같은 거라고 생각하면 어떨까. 그렇게 체념하면 콤플렉스가 원동력이 될 수 있다. 내 발목에는 교통사고로 생긴 7센티미터 길이의 흉터가 있는데 언젠가는 이 흉터가 시작되는 부분에 꽃 문신을 그려 넣을 생각이다. 흉터 전체가 활짝 피어난 꽃처럼 보이도록.

노력하지 않는 것이
최선일 때가 있다

고등학교 때 내 짝이던 아이가 "남자 친구가 배를 찼다"며 교복 사이로 시퍼렇게 멍든 배를 보여주었다. 남자 친구 몰래 친구들과 놀이공원에 놀러 갔다고 맞았다는 것이다. 짝은 헤어지라는 말에 "남자 친구는 가끔 화가 나면 때리지만 그것만 빼면 좋아"라고 했다. 그 아이는 "내가 잘하면 돼"라고 했지만, 이후에도 멍은 여러 곳에 생겨났다. 어떤 날엔 팔목에, 어떤 날에는 목에. 그 아이의 의지와 노력이 부족해서 그 남자를 고치지 못한 거였을까?

나의 경험에서도 비슷한 것을 배웠다. 집착이 심한 전 남자 친구에게 나는 자주 경고했다. 그는 그때마다 고치겠다고 했다. 그런데 그가 내 휴대전화를 항상 몰래 봐왔다는 것을 알게 되면서 우리 관계는 끝이 났다. 또 다른 남자 친구는 우울증이 있었고, 나는 사랑하니까 고쳐주고 싶었다. 나라면 할 수 있을 것 같았다. 하지만 그와 만날수록 나까지 컴컴한 늪으로 빨려 들어가는 느낌을 받았다. 그 사람 때문에 웃는 시간보다 우는 시간이 훨씬 많다는 것을 깨달은 어느 날 우리는 헤어졌다.

상대를 '고치는 것'에 집착하다 보면 도리어 자신마저 불행해질 가능성이 커진다. 상대가 약속을 어길 때마다 큰 싸움으로 번지고 다시 화해하는 무의미한 과정이 반복될 수 있다. 미움의 불똥이 상대를 고치지 못하는 자신으로 번지기도 하고, 무력해지거나 인간 자체에 대한 염증이 일기도 한다. 그 상황을 탈출하는 데 필요한 것은 더 많은 노력과 인내가 아니다. 질문을 바꿔야 한다.

기존의 질문 '그 사람은 그것만 빼면 괜찮은가?'와 '그렇다면 내가 어떻게 고칠 수 있을까?'는 틀렸다. '그의 단점이 객관적으로 문제가 되는 수준임이 분명한가?'와 '단점

이 개선되지 않는다 해도 그것을 내가 감당할 수 있는가?'
로 옮겨가야 한다. 인간은 잘 바뀌지 않는다는 사실을 전제
로 한 후, 그가 바뀌지 않더라도 내가 그를 감당할 수 있는
지 물어야 한다. 판단이 잘 서지 않는다면 일단은 적당한
거리를 둔 후 생각해도 늦지 않다. 어떤 경우에는 노력하지
않는 것이 최선일 때가 있다.

다른 사람의 말을
너무 믿지 마

2016년 뮤지컬 영화 〈라라랜드〉가 영화계를 휩쓸었다. 제74회 골든글로브 시상식에서 노미네이트된 일곱 개 부문을 석권한 것이다. 라이언 고슬링과 엠마 스톤이 출연하고 다미엔 차질레 감독이 쓰고 연출한 이 영화는 마치 한 편의 서정시 같았다. 꿈을 찾는 두 청년이 성장해나간다는 스토리는 평범했지만, 그걸 뮤지컬 영화로 풀어낸 연출이 워낙 세밀하고 환상적이라 영화를 본 사람들을 디즈니랜드에 온 것처럼 붕붕 떠 있게 했다.

다미엔 감독이 2013년에 발표한 전작 〈위플래쉬〉도 여운을 많이 남긴 영화여서 그가 한 인터뷰들을 검색해보았다. 여러 글을 읽다 보니 공통으로 나오는 말이 하나 있었다. 바로 다미엔 감독의 진짜 첫 작품은 〈위플래쉬〉가 아니라 〈라라랜드〉라는 것이었다. 다미엔 감독은 2006년 이미 〈라라랜드〉의 각본을 완성했다. 그러나 당시 신인이던 그에게 선뜻 투자하는 사람이 없었다. 세상의 모든 일이 그렇듯 안 될 이유는 차고 넘쳤다. '제작비가 너무 많이 든다', '뮤지컬 로맨스 영화는 안 된다' 등. 그는 〈라라랜드〉 대신 〈위플래쉬〉를 만들어 능력을 입증해야 했다.

그의 첫 영화 〈위플래쉬〉는 평단의 좋은 평가를 받았을 뿐 아니라 제작비의 열두 배가 넘는 수익을 올렸다. 그러자 다미엔 감독은 2006년에 완성한 그 〈라라랜드〉 시나리오를 다시 꺼내 제작자를 만날 때마다 설득했다고 한다. 물론 시나리오는 예전에 거절당했던 내용 그대로였다. 그러나 상황이 완전히 바뀌었다. 안 되는 모든 이유가 힘을 잃었다.

한국을 대표하는 영화감독 중 한 명인 최동훈도 비슷한 일을 겪었다. 그가 처음 쓴 시나리오는 다섯 청년이 은행을 터는 내용이었다. 시나리오를 완성해 영화사에 가져갔지만 거절당했다. 최 감독에 따르면 당시 심사를 본 사람 중 한 명이 시나리오가 통과될 수 없는 이유에 대해 이렇게 말했다고 한다. "주인공이 다섯 명이나 되는 인물 구성이 어색하고, 대사에 비속어가 너무 많다." 하지만 그가 쓰고 연출한 영화 〈범죄의 재구성〉, 〈타짜〉, 〈도둑들〉, 〈암살〉 등의 공통점은 다수의 주인공이 등장하고 무언가를 훔치며 비속어가 많다는 점이다.

무려 박찬욱 감독에게도 흑역사가 있다. 그는 1992년 〈달은… 해가 꾸는 꿈〉으로 데뷔했다. 주인공은 가수 이승철이었다. 결과는 폭망. 어느 정도 망했느냐면, 어떤 곳에서도 리뷰를 써주지 않았다. 이준익 감독의 증언에 따르면, 이후 〈아나키스트〉라는 영화를 박찬욱 감독에게 맡기려고 했는데 당시 제작자들이 모두 "감독이 박찬욱이면 투자할 수 없고 감독만 바꾸면 투자하겠다"라고 반대해 다른 감독에게 기회가 넘어갔다고 한다. 그런 식으로 5년 동안 영화를 찍지 못하다가 드디어 기회를 얻어 〈3인조〉라는 영화를 찍었다. 하지만 지난번의 폭망이 무색하게 더욱 격렬히 망했다.

〈살인의 추억〉, 〈괴물〉 등으로 믿고 보는 감독 대열의 선봉에 있는 봉준호 또한 데뷔작 〈플란다스의 개〉가 완전히 망해 상업적 비전은 없는 마니아 취향의 감독으로 분류됐다. 비슷한 시기 류승완 감독 역시 영화제와 시나리오 공모전에 여러 차례 응모했으나 모두 떨어졌다. 당시 봉준호 감독은 류승완 감독에게 "난 재능이 없나 봐···. 우리 제빵사나 할까?"라고 자주 이야기했다고 한다. 그때 그들을 위로한 말은 당시 앞날이 안 보이기로는 자웅을 겨루던 박찬욱 감독이 자주 하던 이야기였다.

"재능이 있고 없고가 중요한 게 아니고, 스스로 있다고 생각하는 그 믿음이 중요한 거다." 남들이 지적하는 말을 듣고 단점을 없애는 부분만 집중하다 보면 장점도 함께 없어지고 만다. 우리가 어떤 사람을 좋아할 때, 단점이 있더라도 특정한 장점이 크게 발휘되는 사람을 보고 매력적이라고 느끼는 경우가 많지 않은가? 원래 반짝거렸던 것들을 '다른 사람들이 좋아할 만한 것들'로 수정하다 보면, 결국 그것은 아무도 좋아하지 않게 되어 버린다.

다미엔 감독은 자신이 좋아하는 것을 끝까지 좋아했다. 뮤지컬 영화는 안 된다거나 결말을 사람들이 좋아하는 해피엔딩으로 수정하자는 이야기를 들었을 때, 그 말을 믿지 않은 덕에 지금의 〈라라랜드〉를 완성할 수 있었다. 최동훈 감독은 "거친 이야기를 잘 쓸 수 있을 것 같지 않다"라는 말을 들었지만 여러 명이 나와 시끌벅적하게 훔치는 모습을 꾸준히 그려내면서 그 분야의 독보적인 인물이 됐다.

20대는 오디션에 나온 지원자처럼 끊임없이 자신을 증명해 보여야 하는 시기다. 심사위원 같은 주변인들은 지금은 믿을 수 없으니 무언가를 더 보이라고 보챌 것이다. 이때 남들이 하는 말을 다 그대로 믿어서는 안 된다. 누구든 자신이 아닌 다른 사람에 대해선 잘 모른다. 충고인 것 같지만 자기 자랑인 경우도 많다. 충고건 자기 자랑이건, 답이 없는 건 마찬가지다.

그러니 박찬욱 감독의 말대로 난감한 재고 취급을 받더라도 '이게 끝이 아니다'라는 생각이 중요하다. 다른 사람들이 나를 믿지 않는 만큼 나라도 나를 믿어야 균형이 맞춰질 테니까. 비관할 것 천지인 세상에서 희망을 찾는 방식은 이런 것이다.

사람 졸업식:
헤어지면서 성장한다

연애를 하면서 딱히 심각한 사건이 있었던 것도 아닌데 자연스럽게 마음이 떠나는 경우가 있었다. 동성 친구 간에도 다른 학교에 진학하고 나면 다른 관심사를 가지게 되고 서서히 연락을 줄이게 된다.

그걸 남들도 다 겪는 권태기 같은 거라고 한마디로 넘겨 버리기엔 마음의 복잡 미묘함이 설명되지 않았다. 그런 경우 억지로 관계를 이어가려는 노력을 하다 보면 더 외로워졌다. 나는 왜 이렇게 끈기가 없고 이기적일까 고민하기도 했다.

하지만 예전에 열렬히 좋았던 것이 시시해지기도 하고 취향도 변하듯, 사람에 대해서도 마찬가지일 수밖에 없다. 인생의 주요 시기마다 목표와 우선순위가 바뀌기 때문에 같이 있고 싶은 사람도 계속 바뀌는 것이다. 내가 사회학에 푹 빠졌을 때는 사회참여를 적극적으로 하는 사람을 사랑했고, 영화와 음악에 관심을 많이 가졌을 때는 예술가의 면모를 보이는 사람에게 반했다. 농담을 잘하는 사람이 되고 싶었을 때는 개그 코드가 맞는 사람을 찾아다녔으며, 마음의 안정을 찾고 싶고 고민이 깊을 때는 배려심 많은 이와 오랜 시간을 보냈다. 그럴 때 나는 제일 나다울 수 있었다.

우리는 관계하는 타인들에게 영향을 받고, 그의 일부가 나의 일부가 된 후 작별하고, 이를 통해 성장한다. 나이를 먹고 얼굴이 변하고 몸이 변화하듯 시간이 지나면서 나를 둘러싼 환경이 변화하는 것은 자연스러운 일이다.

아무리 친밀했던 사이라도 그 만남이 나를 더는 성장하게 하거나 자극하지 못한다는 느낌이 들면, 나를 더는 괴롭히지 않고 떠나보내게 됐다. 부모님에게 경제적으로만이 아니라 심리적으로도 독립하면서 어른이 되듯 그 과정에서 생겨나는 불화나 헤어짐은 어쩔 수 없다고 인정하게 됐으니까. 지금의 내게 맞지 않는 걸 예전에는 맞았던 사이즈라고 욱여넣고 있으면 필연적으로 자신을 미워하게 되고야 만다.

'자존감 높이는 법'과 관련해 많은 지침이 있지만 기본은 마음 사이즈를 주기적으로 체크하는 것이라고 생각한다. 나의 변화를 직시한 후 그에 맞는 것을 찾아 나서야 새로운 만남이 시작된다. 언제든 떠날 수 있다고 생각하는 사람들만이 현재에 충실할 수 있기도 하다. 나는 문태준의 시 '옮겨가는 초원'을 외울 정도로 참 좋아하는데, 이 시는 변화와 성장, 사람 사이의 적절한 거리에 대한 시라고 해석된다. 시의 일부를 여기에 옮겨 쓴다.

그대와 나 사이 초원이나 하나

펼쳐놓았으면 한다

그대는 그대의 양 떼를 치고,

나는 나의 야크를 치고 살았으면 한다

살아가는 것이

양 떼와 야크를 치느라

옮겨 다니는 허름한 천막임을 알겠으나

그대는 그대의 양 떼를 위해

새로운 풀밭을 찾아 천막을 옮기고

나는 나의 야크를 위해

새로운 풀밭을 찾아 천막을 옮기자

둔감함을 키우는 일

강경화 외교부 장관이 UN 사무
차장보로 있을 때 토크쇼에 출연해 이런 질문을 받은 적이
있다. "여성으로서 직장에서 겪는 편견에 대해 조언을 해
주실 수 있나요?" 강 장관은 이렇게 대답했다.

"저도 마음 한구석에 그런 생각이 계속 들 때가 있어요.
'내가 여자라서 이런 취급을 받는 건가? 내가 한국인이라,
동양인이라 차별받는 건가?' 상황이 좋고 결과도 좋고 협
력도 잘될 때면 그런 생각을 하지 않죠. 그런데 상황이 좋
지 않거나 원하는 걸 얻지 못할 때, 갈등이 있거나 반대하

는 사람이 있거나 실망할 때 그런 생각이 드는 거예요. 정말 아무 의미 없는 데서 '진의가 뭘까' 고민하지 않으려고 저 역시도 정말 노력하고 있어요. 기본적으로 상대가 무슨 말을 하면 그걸 있는 그대로 받아들이세요. 너무 지나치게 의심하지 말고요. 상대의 말을 두 번 세 번 곱씹으면서 괜히 넘겨짚지 마세요. 그건 정말 건강하지 않은 업무 습관인데 그 생각에 빠지기가 너무 쉽습니다. 그런 마음의 덫에 빠지는 동료들을 너무 많이 봤어요. 특히 당신이 리더의 자리에 있고 서로 다른 문화권의 동료들을 대할 때는 기본적인 신뢰를 가지고 상황을 바라봐야 합니다. 겉으로 보이는 대로 받아들이세요."

강 장관이 왜 이렇게 말했는지 알 것 같았다. 나는 예민하고 생각이 많다. 그런데 직장생활을 하면서 사람들을 대하다 보면 이 부분이 해가 되기도 했다. 특히 여성들은 남성에 비해 공감 능력이 높고 세심하며 사건의 인과관계를 논리적으로 따지는 경향이 있다. 주변 사람들과 관계 맺음을 중시하고 눈치가 빠르기에 매니저 직급일 때는 고과에서 좋은 평가를 받는 경우가 많다. 그런데 팀장 등 리더가 되기 시작하면 이 장점이 빛을 잃는다. 오히려 리더십이 없다는 평가를 받기 십상이다.

다른 사람들의 눈치를 지나치게 보느라 조직의 리더로서 어쩔 수 없이 악역을 맡아야 하는 부분을 회피하여 리더십을 발휘하지 못하는 경우가 있다. 팀원들에게 적절한 미션을 주는 것에 실패해 마이크로 매니징(micro managing)을 한다는 비판을 받는 경우도 많이 봤다. 그러다 의기소침해진 리더는 팀원의 표정이 좋지 않아도 자기 때문이 아닌지 눈치를 본다. 그렇게 자격지심이 쌓이다 보면 팀원이 자신의 의견에 대해 정당한 비판을 하더라도 '나를 무시하는 건가?' 하는 마음에 비판을 받아들이지 못하고 권위로 억누르게 된다. 그런 사람은 자신뿐 아니라 팀원을 괴롭히며 팀까지 불안하게 한다.

회사는 기본적으로 이익 창출이라는 공동의 목표를 향해 달리는 집단으로 꾸려진 임시 모임이다. 회사 사람은 친구가 아니라 이해관계가 같은 동료일 뿐이라는 생각을 잊지 말아야 한다. 일을 하다 보면 나와는 전혀 맞지 않는 가치관을 가진 동료가 있을 수 있고, 면전에서 나와 대립하는 동료가 있을 수 있다. 스트레스가 극심한 상황에서는 사려 깊게 대하기가 어려워 무심코 말이나 행동으로 서로 상처를 주기도 한다. 그 모든 일에 하나하나 의미를 부여하고 이유를 곱씹다 보면 나락으로 떨어지기 쉽다.

특히 상대의 행동을 넘겨짚고 곱씹는 버릇을 없애려고 노력할 필요가 있다. 자꾸만 의도를 곱씹다 보면 피해의식으로 연결되기 때문이다. 이해되지 않는 상대의 반응을 보면 '그렇게 생각할 수도 있겠구나' 하고 드러난 사실 자체만 봐야 한다. 그처럼 적당한 무심함과 둔감함은 상대를 무시하는 것이 아니라 오히려 존중하기 때문에 나올 수 있는 태도이기도 하다. 직장에서 이런 마음으로 서로를 대한다면 스트레스가 확연히 줄어들 것이다. 내가 만난 성공한 직장인들의 롱런 비결이 이것이었다.

오늘의 나를
행복하게 하는 데
최선을 다할 것

　　　　　　　　　　　　　　　　2015년 1월의 어느 날, 강변북
로를 지나던 중 교통사고를 당했다. 당시 사귀던 남자 친구
가 운전을 하고 있었고 나는 조수석에 있었다. 사고는 뒤차
운전자가 속도를 줄이지 않아 일어났다. 가해자는 당일 감
기약을 먹어 졸음을 참을 수 없었다고 경찰에 진술했다. 우
리 차는 뒤차에 받치면서 밀려 나가 오른쪽 가드레일을 박
고 멈춰 섰고 조수석 차 문이 통째로 날아갔다. 거기 꽂혀
있던 지갑과 함께 내 기억력이나 체력 같은 것도 그때 많
이 날아갔는데 아직도 못 찾고 있다. 이 사고로 골반과 발

목이 골절되고 방광이 파열됐다. 응급 수술을 했고, 이어서 두 번의 수술을 더 받았다. 회사는 휴직했고 5개월간 병원 신세를 졌다.

이 사고로 나는 이전과 달라졌다. 체력이 급격히 떨어지면서 시간관념이 달라진 것이다. 많은 청년이 그렇지만, 젊을 때의 시간은 무한하게 느껴진다. 필요하면 하루 이틀은 자지 않고도 쌩쌩하며, 에너지가 금세 충전되어 많은 사람을 동시에 만날 수 있다. 나 또한 체력이 아주 좋아 멀티 플레이가 당연한 생활을 해왔다. 퇴근 후 항상 무언가를 배웠고 사람들 만나는 약속을 하루에도 여러 개씩 잡았다. 하고 싶은 일이 있으면 잠을 줄이면 됐다. 나의 시간과 에너지가 한정되어 있다는 생각을 할 일이 없었다. 그것들은 언제나 가득 차 있었다.

20대 후반에 겪은 교통사고는 나의 몸 상태를 완전히 바꿔놓았다. 사고 후유증으로 뛰지 못하며, 체력이 떨어져 밤을 새우는 것이 불가능해졌다. 전과 달리 12시가 되면 꾸벅꾸벅 졸기 시작한다. 체력이 떨어지니 불편한 사람을 만나면 에너지가 급속도로 방전되는 것이 느껴진다. 시간 관념도 달라졌다. 무한하게 느껴지던 시간은 내가 건강할 수 있는 시간으로 가늠되고, 그중에서도 만약 아이가 생긴다면 내 것이 아닐 시간으로도 환산해 체감하게 됐다.

그렇게 계산을 해보니, 나에게 유효한 시간은 얼마 없었다. 철저하게 내게 중요한 것들의 우선순위를 세우고 실행하지 않으면 안 되겠다는 위기감이 들었다. 그 기준으로 세상을 보니, 예전 같았으면 그냥 참았을 만한 일 중에서도 내가 피할 수 있는 것은 적극적으로 피하게 된다. 엉뚱한 곳에 에너지를 쓰면 정작 내가 필요한 곳에 쓸 수 없으니까.

미용실에 갔을 때의 일이다. 미용실에 가면 대개 그렇듯, 헤어 디자이너가 내 머릿결이 얼마나 나쁜지에 대해 계속해서 말했다. 한두 번쯤 하고 말면 될 걸 몇 번이나 반복하던 그는 비용을 추가해 헤어팩을 하면 상한 머릿결을 개선할 수 있다며 권유하기 시작했다. 애초에 생각한 것보다 비용이 너무 비싸 거절하려고 "죄송해요"라고 말하려 하는데, 문득 이 상황이 참 불쾌하다는 느낌을 받았다. 미용실은 돈을 내고 서비스를 받으러 가는 공간인데 그동안 미용실을 가면서 기분 좋게 나온 적이 별로 없었던 것이다. 이런 것에 내 에너지를 낭비하고 싶지 않다고 생각한 후에는 정가제로 숍을 운영하는 헤어디자이너를 찾아 머리를 맡기게 됐다.

교통사고를 당한 후 내가 언제든 죽을 수 있음을 실감했다. 사람들은 누구나 자신에게는 교통사고나 암 같은 불의의 사고가 일어나지 않을 거라고 생각한다. 나 또한 마찬가지였다. 그런데 정작 내가 그런 일을 당하고 나자, 이 불확실한 세상에서 다른 사람들에게 끌려다니는 인생을 살다가 갑자기 인생이 끝난다면 얼마나 억울할까 하는 상상을 자꾸 하게 된다. 다른 사람의 기대에 부응하려 애쓰지 말고 내가 원하는 사람으로 살아야 한다. 후회하지 않는 인생을 살기 위해서 내가 자꾸 되뇌는 것은 이것이다. 나의 시간과 에너지는 한정되어 있으니 가치 없는 곳에 쓰지 말 것. 오늘의 나를 행복하게 하는 데 최선을 다할 것.

나의 시간과 에너지는 한정되어 있으니 가치 없는 곳에 쓰지 말것.
오늘의 나를 행복하게 하는 데 최선을 다할 것.

누군가에게
자꾸만 뼈 있는 말을
하게 된다면

간혹가다 가시 돋친 말 또는 뼈
있는 말을 하거나 듣게 될 때가 있다. 사람이 주고받는 에
너지는 상당히 강렬한 것이어서, 아무리 웃으면서 농담처
럼 했더라도 그런 말은 상대에게 뒤끝을 남기고야 만다. 하
지만 정색하고 화를 내거나 따지기도 민망하기에 그저 속
으로만 기분 나쁜 마음을 품고 자리를 정리하는 것이 보통
이다.

뼈 있는 말을 하는 사람은 평소 상대에게 섭섭한 일들이
쌓여 폭발 직전인 경우가 많다. 또는 이미 개선점에 대해서

이야기했지만 상대가 듣지 않아 시니컬해졌기 때문일 때도 있다. 그렇게 마음이 좋지 않은 상태에서 관계를 유지하다 보니 자꾸 숨겨둔 가시가 삐쭉삐쭉 튀어나오고, 그것이 말이 되는 것이다. 나는 뼈 있는 말을 자주 하거나 듣게 되면 이 사람과의 관계를 잠시 쉴 때가 됐다는 시그널로 받아들인다.

친하게 지냈던 한 친구는 약속시간마다 30분 정도를 늦었다. 단 한 번도 예외 없이. 나는 참고 참다 경고했다. 약속을 소중히 생각한다면 이렇게 항상 늦을 수 없다고, 시간을 잘 지켰으면 좋겠다고. 미안해하던 친구는 처음 얼마간은 주의하는 듯했지만 곧 다시 예전으로 돌아갔다. 화가 났지만 같은 말을 여러 번 하기도 싫었다. 이후 나는 그 친구와 약속을 잡을 일이 있으면 "너 어차피 늦을 텐데 서점에서 만나자. 나 책 읽고 있게", "(약속시간이 2시라면) 이번엔 4시까진 올 거지?" 하는 식으로 말에 뼈를 섞기 시작했다.

친구는 내 말에 뼈가 있는 것을 느끼고 방어적인 태도를 취하기 시작했고, 우리는 급속도로 서먹해졌다. 서로에게 스트레스를 받는다는 걸 알게 되자 나는 그와 잠시 거리를 두기로 했다. 당장 서로에게 쌓인 것을 풀자며 술을 마시거나 먼저 사과를 할 수도 있었지만 그러지 않았다. 뼈 있는 말은 오랫동안 섭섭함이 쌓이고 쌓여 나타난 결과물이라는 것을 알기 때문이다. 이때는 이미 감정이 상할 대로 상해 있기 때문에 어설프게 해결하려 하면 상대를 비난하는 말까지 하게 되기가 쉽다.

친구 또는 애인과 헤어져 돌아오는 길이 언제나 공허하다면, 그와 헤어지고 돌아오는 길에 그보다 나를 더 소중히 대해주었던 사람들이 떠오른다면, 서운함 때문에 마음속에 뾰족함이 자라나 뼈 있는 말로 자꾸 상처를 주게 된다면 그 관계는 잠시 멈추어야 한다. 이때는 서로 지쳐서 그런다는 걸 알아차리고 서로에게 생각할 시간을 주는 것이 가장 현명하다.

거리를 두고 그간 섭섭함을 느꼈던 부분을 차분히 정리해보면 감정의 온도가 떨어지기 마련이다. 경험상 "너는 약속을 지키지 않는 게으르고 무책임한 애야"로 부글부글 끓던 마음이 "매번 약속을 지키지 않는 모습을 보자, 날 소중한 사람으로 대하지 않는다는 생각이 들어 기분이 좋지 않았어" 정도로 한결 차분해진다. 뼈 있는 말을 하고 나서 매번 후회하는 사람이라면 잠시 거리를 두어보길 추천한다.

사람 판단은 최대한 보류하기

봉준호 감독의 2003년 작 〈살인의 추억〉을 10년이 넘어 다시 봤다. 나는 개봉 당시 영화관에 가서 봤는데, 남편은 지금까지 그 영화를 한 번도 본 적이 없다고 했다. 나는 남편에게 재미있고 의미심장하다고, 꼭 봐야 하는 웰 메이드 영화라고 강조했다. 그러고 나서 영화가 시작됐는데, 영화가 시작되자 내가 그 영화를 잘 모르고 있었다는 걸 깨달았다. 예전에 내가 전혀 신경 쓰지 않았던 부분이 이제 와서 보니 중요한 상징이었고, 감동했던 부분들은 이제 와서 보니 별 감흥이 없기도 했다.

마찬가지로, 어떤 소설은 재미가 없어 던져두었다가 몇 년 후에 다시 보니 충격적으로 좋기도 하고 어떤 소설은 한때 참 좋아했는데 다시 보니 시시하다고 느껴지기도 한다. 예술도 사람도 마찬가지다. 상대가 바뀐 것이 아니라 내가 달라졌기 때문이다. 그러니 무언가를 어떤 시기에 잠깐 거쳐 간 뒤 거기에 대해 다 안다고 말하는 것이 얼마나 어리석은 일인가. 어릴 때의 좋지 않은 경험만으로 다시는 그것을 접하지 않는다면 인생에서 좋은 것을 누릴 기회를 그만큼 잃어버리는 것이다. 그렇지 않아도 싫은 것들로 가득 찬 이 세상에서.

나이가 들면 그동안의 경험치를 바탕으로 마음속에 사람의 유형을 혈액형 나누듯 감정적으로 구분하고, 내 스타일과 그렇지 않은 사람으로 자꾸 나누게 된다. 상처받지 않으려는 본능 같기도 한데, 이처럼 사람을 빠르게 판단해 편을 가르는 것이 습관이 되면 만나는 사람의 영역이 더는 확장되지 않고 멈춰버린다. 주변에 생각과 처지가 비슷한 사람들만 두면 사람은 급속도로 '꼰대'가 되고 만다. 그런 경험을 여러 번 하고 나니 어려웠던 작품들은 '싫다', '내 스타일이 아니다'라고 판단하지 않고 '아직은 우리가 만날 때가 아니다' 하면서 잠시 미뤄두려고 노력하게된다. 실제로 시간이 지난 뒤 다시 접했을 때 정말 좋았던 책도, 영화도, 음악도 많았다.

그처럼 복잡하고 다양한 취향의 합인 사람을 볼 때 역시, 당장은 이해되지 않더라도 내게 피해를 주는 것이 아니라면 판단을 보류하는 것이 좋지 않을까? 내가 맞고 그 사람이 틀려서 내 보기에 그가 못마땅한 것이 아니라, 우리는 다만 아직 만날 때가 되지 않았다고 생각하면 조금은 마음이 편안해진다. 좋고 싫음에 대한 판단은 보류하고 자연스럽게 흘려보내다 보면, 언젠가 인연이 닿아 좋은 관계로 이어질지도 모른다.

인맥관리에도
미니멀리즘이 필요하다

계절이 바뀐 걸 느낄 때마다 첫 번째 하는 일이 옷장 정리다. 주말 중 하루 시간을 내서 옷장정리를 할 때 나름의 기준으로 버릴 옷과 입을 옷을 구분한다. 처음에는 따뜻해지면 봄여름 옷을 꺼내고, 추워지면 가을겨울 옷을 꺼내곤 했는데, 여러 번 그렇게 계절을 지내다 보니 옷이 쌓여 공간이 부족해지기 시작했다. 그 옷들을 보관하기 위해 캐비닛을 추가로 사고, 옷걸이를 추가로 샀다. 불편한 건 그뿐만이 아니었다. 옷이 많아지자 막

상 입을 옷은 더 부족해 보였다. 아침마다 뭘 입을지 고민하지만 정작 손이 가는 건 몇 개 없었다. 나에게 어떤 옷이 있는지를 다 기억하기 어려워지자 비슷한 옷을 또 사 오기도 했다.

책도 마찬가지였다. 책 읽는 걸 좋아해서 한 달에 평균 10만 원 정도를 책 구입에 쓴다. 그렇게 산 책들 중 대부분은 한 번 읽고 다시는 읽지 않는다. 하지만 책을 버릴 생각을 하면 너무 아까웠다. '언젠가는 필요할 날이 있겠지' 하는 마음으로 그저 쌓아두었다. 지금 생각하면 내가 이렇게 책을 많이 읽는 사람이라는 걸 과시하고 싶은 마음도 있었던 것 같다. 그렇게 책이 쌓이자 책장을 추가로 여러 번 구입해야 했고, 이사할 때는 이삿짐센터 직원에게 "책이 왜 이렇게 많아요? 뭐 하시는 분이세요?" 하는 질문을 들으며 이사비도 추가로 지불해야 했다.

내 방을 한가득 채우고 있는 옷과 책들을 물끄러미 바라보았다. 그것들은 잠시 보기 뿌듯할 순 있어도 유지하는 데 지나친 에너지가 들었고, 그 속에서 정작 중요한 것들을 찾아내려면 오랜 시간이 걸렸다. 얼마 후 필요한 물건만 남기는 간소한 삶의 방식인 '미니멀 라이프'가 유행하기 시작하면서 나는 그동안 집착하고 있었던 것들에 대해 생각했다.

마침 결혼을 해 이사를 하게 되면서 가지고 있던 책의 3분의 2를 처분했다. 옷과 신발들은 한 가지 기준으로 버릴것과 가져갈 것을 구분했다. 단 하나의 질문만 했을 뿐인데도 소유하고 있던 것의 절반을 버릴 수 있었다. 그 질문은 바로 '2년 내에 이것을 한 번이라도 썼는가?'였다.

옷과 책을 버리고 나니 방 두개짜리 24평 아파트에 많은 공간이 생겼다. 그렇게 한 번 가진 것들을 버리고 나자 옷입는 게 더 즐거워졌다. 가진 옷들이 무엇인지 한눈에 보이자 코디하기가 더 쉬워졌기 때문이다. 옷을 볼 때마다 '이렇게 옷이 많은데 계절이 바뀔 때마다 옷을 사고 싶어 하다니. 허영이 너무 심하구나' 하는 죄책감도 사라졌다. 산뜻해진 공간을 관리하기 위해서 책에 대한 원칙도 세웠다. 책장 2개를 넘어서는 만큼의 책은 집에 두지 않는다. 개수로 치면 200권 정도인데, 매월 책을 사는 만큼 버릴책을 선정해 중고장터에 내다 판다. 그 과정에서 정말 좋았던 것과 별로인 것을 가려내는 일은 중요도가 뒤섞인 일상에서 내가 좋아하는 것에 대해 진지하게 생각해보는 기회도 되었다.

책과 옷뿐 아니라 인간관계에서도 비슷한 경험을 했다.

기자로 직장생활을 하면서 많은 사람을 알게 되었고 페이스북과 카카오톡에는 1,000명 가까운 사람이 친구로 등록되어 있다. 그중에는 한 번 보고 더는 연락하지 않는 사람들도 많다. 그런데도 남들을 섭섭하게 할까 봐, 언젠가는 내게 도움이 될까 봐, 인맥관리를 해야 하니까 등등의 이유로 주기적으로 원하지도 않는 사람들을 만나고 경조사에 참여해왔다. 하지만 그런 식으로 사람들을 대하는 것은 소모적이어서 뒷맛이 썼다. 하루에 두세 개씩 약속을 잡는 바람에 친구들이 섭섭함을 토로한 적도 있었다. 당연히 깊이 있는 관계가 유지될 리 없다.

이런 이들은 나뿐만이 아니다. 인간관계에서 '풍요 속 빈곤'을 느끼고 인간관계에 회의감이 든다는 이들이 많다. 대학내일 20대연구소가 전국 20대 남녀 643명을 대상으로 실시한 조사 결과에 따르면 20대의 25퍼센트가 "더 이상 새로운 인간관계를 만들고 싶지 않다"며 인맥관리에서 오는 피로감을 표출했다고 한다. 20대연구소에서 이와 관련해 발표한 신조어 '관태기(관계와 권태기의 합성어)'가 2017년 20대의 라이프 스타일을 표현하는 대표적 키워드로 여러 매체에서 소개되기도 했다.

사람들에게 휘둘린다는 느낌이 들 때, 사람들을 만나지만 자꾸 헛헛해질 때 인간관계에 관한 기준을 정할 필요가 있다. 경조사를 예로 들면, 나는 돌잔치에는 절대 가지 않고 축의금도 보내지 않는다는 원칙을 정했다. 결혼식은 동료거나 절친한 사람인 경우에만 가고, 축의금을 보낼 사람과 아예 아무것도 하지 않을 사람으로 구분한다. 반면에 장례식은 최대한 참석하고, 여의치 않으면 조의금이라도 보낸다. 일상에서도 사람을 만나면서 나를 감정 쓰레기통 삼는다는 생각이 들거나 필요할 때만 연락하는 사람이 있다면 예의는 차리되 최대한 거리를 두면서 대한다. 업무상 필요한 때가 아니면 직접 만날 일은 만들지 않는다.

옷장과 책장을 정리하듯 인간관계도 주기적으로 상태를 살펴야 한다. 사람 사이 관계가 의미 있으려면 그것이 작용하는 맥락과 신뢰를 쌓기 위한 절대치의 시간이 반드시 필요하다. 젊은 날 주말도 없이 회사 사람들과만 어울린 대기업 부장이 퇴직 후 가족들과 관계 맺음을 다시 시작하려고 할 때, 가족들이 거부하거나 어색해하는 건 그래서다.

아사이 료의 소설《누구》에는 이런 대목이 나온다.

"인맥을 넓히겠다고 늘 말하지만, 알아? 제대로 살아 있는 것에 뛰고 있는 걸 '맥'이라고 하는 거야. 너 여러 극단의 뒤풀이 같은 데 가는 모양인데, 거기서 알게 된 사람들과 지금도 연락하고 있냐? 갑자기 전화해서 만나러 갈 수 있어?"

우리는 늘 바쁘고 스트레스를 받는 것이 어쩔 수 없는 인맥관리 때문인 것처럼 말하지만, 사실은 놓치고 있는 것이다. 그렇게 얕은 방식으로는 인간관계의 맥이 펄펄 뛰지 않는다는 걸.

《무례한 사람에게 웃으며 대처하는 법》은 2018년 상반기 한국에서 가장 많이 팔린 책으로 기록되었습니다. 책을 처음 냈을 때만 해도 이렇게 큰 사랑을 받을 거라고 예측하지 못했습니다. 이 책을 쓸 때만 해도 저는 직장인이었고, 제가 느낀 답답함과 불편함에 공감해줄 사람이 조금은 있을 거라는 막연한 기대감으로 출근 전 노트북 앞에 앉아있었을 뿐이었죠. 출간 후 전국을 돌며 독자들을 만나면서 무례한 사람 때문에 상처받은 사람이 너무나 많다는 사실에 새삼 놀라곤 했습니다.

5년 만에 개정판으로 다시 독자들을 만납니다. 몇몇 표현을 수정했고, 몇 개의 원고를 삭제하거나 추가하였습니다. 출판사를 옮겼지만 5년 전 함께 작업했던 편집자님은 그대로입니다. 처음 책을 낼 때 '가스라이팅'이라는 표현은 너무 학술적인 표현이라 설명을 길게 했었는데 이제는 그럴 필요가 없을 정도로 대중적으로 익숙한 표현이 되었네요. 그처럼 시간이 지나며 조금은 바랜 듯 느껴지는 표현이 있긴 하지만 책의 핵심 메시지인 자신을 지켜내는 연습법은 여전히 많은 이들에게 유용할 거라 믿습니다. 세상 속에서 개인은 무력하기도 하지만 우리가 어떻게 대처하기로 마음먹느냐에 따라 최소한 우리 주변은 바뀔 수 있다고 믿으니까요. 한 어머니가 제 책을 먼저 읽은 뒤 딸에게 강력 추천했다며, 북토크에 모녀가 나란히 와서 사인을 받아간 기억이 납니다. 그 어머니는 제 손을 잡고 말했습니다. 자기는 그렇게 살지 못했지만, 딸은 이 책에서처럼 '아닌 건 아니다'라고 말하면서 살길 바란다고요. 그처럼 변화는 한 세대를 넘어서 진행되기도 합니다.

처음 제게 책을 제안해주시고 개정판까지 다듬어주신 서선행 편집장님, 개정판에서도 이어 그림을 그려주신 키미 작가님께 깊은 감사와 존경의 마음을 전합니다. 가족에게도 사랑의 마음을 보냅니다. 특히 가장 감사드리고 싶은 것은 꾸준히 제 글을 읽어 주시는 독자분들입니다. 글을 쓰다 보면 두려워서 그만두고 싶을 때가 많습니다. 그럴 때마다 메일함을 열어 중요편지함에 넣어둔 독자 편지를 읽어 보며 마음을 다잡곤 합니다. 독자들이 씩씩하게 살아가는 데 이 책이 도움이 되면 좋겠습니다. 그게 제가 글을 쓰는 제일 큰 원동력입니다. 좌절하게 되더라도, 좌절하게 되겠지만 그때마다 '이게 다가 아니다'라고 생각할 수 있게 되길 바랍니다. 저도 씩씩한 글을 계속해서 쓸 테니 우리 함께 최대한 행복해지기로 해요. 제가 그랬으니까 여러분도 기필코 그렇게 될 겁니다.

무례한 사람에게
웃으며 대처하는 법

개정판 1쇄 발행 2023년 4월 16일
개정판 7쇄 발행 2024년 9월 9일

지은이 정문정
펴낸이 김선준

편집이사 서선행
편집1팀 임나리, 이주영 **디자인** 엄재선
마케팅팀 권두리, 이진규, 신동빈
홍보팀 조아란, 장태수, 이은정, 권희, 유준상, 박미정, 박지훈, 이건희
경영지원 송현주, 권송이, 정수연

펴낸곳 ㈜콘텐츠그룹 포레스트 **출판등록** 2021년 4월 16일 제2021-000079호
주소 서울시 영등포구 여의대로 108 파크원타워1 28층
전화 02) 332-5855 **팩스** 070) 4170-4865
홈페이지 www.forestbooks.co.kr
종이 ㈜월드페이퍼 **인쇄·제본** 더블비

ISBN 979-11-92625-35-5 (03810)

㈜콘텐츠그룹 포레스트는 독자 여러분의 책에 관한 아이디어와 원고 투고를 기다리고 있습니다. 책 출간을 원하시는 분은 이메일 writer@forestbooks.co.kr로 간단한 개요와 취지, 연락처 등을 보내주세요. '독자의 꿈이 이뤄지는 숲, 포레스트'에서 작가의 꿈을 이루세요.

나의 시간과 에너지는 한정되어 있으니
가치 없는 곳에 쓰지 말 것.
오늘의 나를 행복하게 하는데
최선을 다할 것.